FUSION FANTASTIC STORY

김재한 장편소설

헌터세계의 귀환자 1

김재한 장편소설

초판 1쇄 찍은 날 § 2018년 12월 21일
초판 1쇄 펴낸 날 § 2018년 12월 28일

지은이 § 김재한
펴낸이 § 서경석

총괄팀장 § 최하나
편집책임 § 이선근
편집 § 최광훈

펴낸곳 § 도서출판 청어람
등록번호 § 제387-1999-000006호
등록일자 § 1999. 5. 31
어람번호 § 제1-2987호

주소 § 경기도 부천시 부일로 483번길 40 서경B/D 3F (우) 14640
전화 § 032-656-4452 팩스 § 032-656-4453
http://www.chungeoram.com
E-mail § chungeorambook@daum.net

ISBN 979-11-04-91900-8 04810
ISBN 979-11-04-91899-5 (세트)

FUSION FANTASTIC STORY

김재한 장편소설

1

헌터세계의 귀환자

도서출판 청어람

헌터세계의 귀환자

Contents

Prologue

2015년의 어느 날, 세상은 격변했다.

인류 문명은 역사를 기록하기 시작한 이래 처음으로 돌이킬 수 없는 상흔을 입었다.

퍼스트 카타스트로피라고 명명된 대재앙의 날, 세계 곳곳에서 통칭 '게이트'라 불리는 현상이 발생했다.

게이트는 허공의 한 지점에 뻥 뚫린 정체불명의 구멍이었으며 그로부터 미지의 괴물들, 통칭 '몬스터'들이 쏟아져 나왔다.

이 몬스터들의 크기는 대형견 수준부터 빌딩 수준까지 각양각색이었지만 단 한 가지, 악몽 같은 공통점이 있었다.

바로 물리적 타격에 끔찍할 정도로 강한 면모를 보인다는 것이다.

모든 몬스터는 '허공장'이라는 특수한 방어막을 갖고 있었기에 2등급 몬스터라면 중기관총 수십 발을 버텨내고, 3등급 몬스터라면 전차포로도 제대로 된 타격을 줄 수 없었다.

그리고 7등급 몬스터라면 인류 최강의 무기, 전략핵에 직격당하고도 살아남는다.

인류에게는 답이 없는 상황이었다.

하지만 다행히 인류가 종말하기 전에 구원의 빛줄기가 내려왔다.

게이트 출현 후 한 달이 지난 시점에 전 세계에 1,700여 명의 초인들이 나타난 것이다.

스스로를 '각성자'라 칭하는 그들은 퍼스트 카타스트로피가 일어나기 직전에 홀연히 사라져 버렸던 2만 명의 실종자 일부였다.

그들은 자신들이 초월적 존재가 안배한 훈련 과정을 통해서 초인이 되었음을 알렸다. 그 과정에서 1만 8천 명이 넘는 사망자가 발생했다는 것도.

각성자들이 괴수들을 사냥하기 시작하면서 인류는 멸망의 위기에서 벗어날 수 있었다.

또한 각성자들의 발생은 그 한 번으로 끝나지 않았다.

이후에도 2년 주기로 2만 명의 실종자가 발생했고, 1개월 후에 생환한 자들이 각성자가 되었다.

그렇게 1세대 각성자가 발생한 지 12년…….

7세대 각성자 후보 2만 명이 실종자 명단에 이름을 올린

2027년 현재, 세상에는 한 가지 도시 괴담에 가까운 전설이 돌고 있었다.

그것은 바로 0세대 각성자에 대한 이야기…….

이 모든 것이 시작되기 3년 전, 2012년에 세계 각국에서 동시에 24만 명이 홀연히 실종되는 사태가 발생했다.

'대실종'으로 명명된 이 사건은 당시에 전 세계를 발칵 뒤집어놓았다.

누군가는 길을 걷다가.

누군가는 학교에서 수업을 받다가.

누군가는 TV 방송 녹화를 위해 모두에게 주목받으며 노래를 부르다가.

누군가는 스포츠 경기를 치르다가…….

한날한시에 꺼지듯이 사라져 버린 것이다.

충격과 슬픔이 물밀듯이 번져갔고 실종된 가족, 친인, 이웃을 찾는 목소리가 애타게 울려 퍼졌다.

하지만 결국 24만 명 중 누구의 흔적도 찾지 못한 채 3년이 흘렀고…….

퍼스트 카타스트로피가 일어났다.

그로 인해 대실종이 일으킨 충격은 묻혀 버리고 말았지만, 시간이 흐른 뒤에 사람들은 다시금 그 사건에 대해서 이야기하기 시작했다.

어쩌면 그들 또한 각성자 후보였을지도 모른다는 가설이 힘을 얻기 시작했다.

그들이야말로 인류가 알지 못하는, 퍼스트 카타스트로피의 원인을 직면했을지도 모르며 만약 살아남아 세상으로 돌아왔다면 지금의 각성자들 이상으로 특별한 존재였을지도 모른다…….

* * *

결론적으로 그 가설은 진실을 꿰뚫고 있었다.

"…15년이 흘렀다고?"

서용우는 멍청하니 중얼거렸다.

그는 어느 날 갑자기 하루 내내 하늘이 붉은빛을 띤 이상한 세계 '어비스'로 납치당했다.

세계 각국에서 소환된 24만 명의 사람들과 함께 납치당한 곳에서 초인적인 힘을 부여받고 정체불명의 괴물들과 목숨을 건 싸움을 벌일 것을 강요당했다.

싸우고, 싸우고, 또 싸우는 동안 계속해서 전사자가 늘어가면서 생존자가 줄어들어 갔다.

그렇게 3년간 치열하게 앞으로 나아간 끝에 용우는 그 지옥의 끝을 보고 돌아올 수 있었다.

그랬는데…….

"뭐 이런 개 같은 경우가 다 있어!"

용우가 필사적으로 싸운 시간은 3년.

그러나 돌아왔을 때는 15년의 시간이 흘러 있었고, 세상은 이미 그가 알고 있던 모습이 아니었다.

Chapter1

잃어버린 시간

1

서용우는 눈을 떴다.

기나긴 시간 동안 혼돈 밑바닥에 잠겨 있었던 기분이 들었다.

'살아 있다.'

마지막 순간을 기억한다.

당초 24만 명이었던 어비스의 전사들 중에 마지막 전투까지 살아남은 것은 용우 혼자뿐이었다.

승산 없는 절망적인 싸움이었지만 용우는 결사의 각오로 맞섰다.

그것 말고는 선택지가 없었기 때문이다.

어비스의 전사들은 전투를 회피할 수 없는 저주에 걸려 있었다. 살고 싶으면 싸워 이겨서 앞으로 나아가야만 했다.

하지만 마지막 바로 전의 전투에서 30명의 생존자가 용우만 빼고 다 죽은 상황이었다. 용우 혼자서 그 싸움에서 이길 수 있을 리가 없었다.

그래서 용우는 극단적인 방법을 선택했다.

그동안 모은, 폭발력을 지닌 물질들을 하나로 모아서 전장의 중심부에서 대폭발을 일으켰던 것이다.

그 자신도 살아날 길이 없는 방법이었지만, 용우는 여기에서 한 가지 도박수를 던졌다.

용우는 어비스에서 '스펠'이라 불리는 갖가지 초능력들을 얻었고 그중에는 그 순간에 써볼 만한 것이 하나 있었다.

봉인(封印).

그것은 지정한 대상을 별개의 시공간에 격리시키는 스펠이었다.

용우는 스스로를 대상으로 지정해서 그것을 사용했다.

실패한다면 그대로 폭발에 휘말려 죽을 것이고, 성공한다고 하더라도 스펠의 효과가 영원히 지속되어서 죽은 것과 다름없는 꼴이 될 수도 있는 도박수였다.

하지만 달리 방법이 없는 상황이었기에 용우는 자신의 목숨을 걸고 도박에 나섰고…….

"정말로… 돌아온 건가?"

너무나도 오랜만에 본 푸른 하늘에 넋을 잃고 말았다.

그가 납치당했던 이상하고 가혹한 어비스는 언제나 붉은 하늘이 지배하고 있었다.

낮과 밤의 개념조차 없는 핏빛 하늘을 보고 있노라면 정신이 이상해질 것 같은 기분이 들어서, 몇 번이고 하얀 구름이 떠 있는 푸른 하늘과 별들이 빛나는 밤하늘을 꿈꿔왔는지 모른다.

쿠구구구……!

한참 동안 하늘만 올려다보고 있던 용우를 자극한 것은 먼 곳에서 들려오는 굉음이었다.

용우는 흠칫 놀라서 소리의 진원지를 바라보았다.

"뭐야?"

그리고 한층 더 놀랐다.

빌딩 사이로 한 줄기 푸른 섬광이 솟구치고 있었다.

투두두두두……!

콰콰쾅!

그리고 중화기로 미친 듯이 사격을 가하는 소리와 폭음이 이어진다.

"…전쟁이라도 났나? 설마 나 없는 사이에 북한이 쳐들어오기라도 한 거야?"

그러지 않고서야 도심지 한복판에서 저런 소리가 울려 퍼질 이유가 있겠는가?

당황해서 주변을 두리번거리던 용우는, 그제야 주변 상황을 인지하고 한 번 더 놀라고 말았다.

'여긴 뭐야?'

그가 있는 곳은 폐허였다.

용우는 파괴된 채로 무너져 내린 건물들과 녹아내린 철골들의 모습으로 이곳이 파괴된 시가지임을 알아볼 수 있었다.

'정말로 전쟁이 난 건가? 3년 사이에 대체 무슨 일이 있었던 거야?'

용우는 혼란에 사로잡힌 채로 걷기 시작했다.

그의 발걸음이 향하는 곳은 바로 폭음의 진원지였다.

쿠구구구……!

지금까지의 소음들, 중화기를 연사하는 총성과 폭음과는 질적으로 다른 굉음이 울려 퍼졌다.

분명 맨 처음에 들렸던, 하늘로 솟구친 섬광을 목격하기 직전의 그 소리다.

'저건 설마?'

용우는 또다시 푸른 섬광이 솟구치는 것을 보았다.

하늘로 거의 똑바로 쏘아졌던 아까 전과는 각도가 다르다. 훨씬 낮은 각도로 쏘아진 푸른 섬광은 바로 앞에 있던 빌딩에 직격했고…….

콰과과과광……!

그대로 빌딩을 관통하면서 하늘 저편으로 쏘아져 갔다.

'틀림없어.'

그 광경을 똑똑히 목격한 용우는 그 자리에 굳어버리고 말았다.

'스펠이다.'

21세기의 현대 병기가 옛날 SF 영화를 능가하는 수준에 도달했다지만 여전히 광학병기는 꿈의 영역이었다.

게다가 저 섬광이 불러일으키는 파괴 현상은 레이저 병기에 대한 통념과는 동떨어져 있다.

열로 녹여 버리는 게 아니라 순수한 압력만으로 빌딩을 관통한 것이다.

"설마 돌아온 게 아닌 건가?"

지구로 돌아왔다는 생각은 착각일 뿐, 이곳은 여전히 어비스인 게 아닐까? 어떤 요인으로 모습이 변해서 용우가 착각했을 뿐이라면…….

그런 생각을 하자 덜컥 겁이 났다.

"…그럴 리가 없어."

용우는 스스로에게 들려주듯이 중얼거렸다.

"그 엿 같은 동네에는 현대 병기 따윈 없었다고."

그래서 납치당한 24만 명은 마치 중세 시대로 돌아간 것처럼 냉병기로 괴물들과 싸워야만 했다.

본래 사람에게는 불곰만 해도 괴물이나 다름없다. 동물원에서 유리벽 너머로만 봐도 인간이 그 거대한 맹수와 인간이 싸운다는 게 얼마나 터무니없는 짓인지 알 수 있으리라.

그런데 용우는 불곰이 아니라 코끼리보다도 몇 배나 거대한 놈들 상대로 칼이나 창 같은 무기로 싸워서 죽여야만 했다.

"후욱, 후욱, 후우……. 좋아."

심호흡을 해서 마음을 가라앉힌 용우는 전투가 벌어지고 있는 지점으로 향했다.

굳이 그쪽으로 뛰어가는 것은 미친 짓으로 보였지만 용우에 한해서는 그렇지 않았다.

—은신(隱身).

스펠을 사용하자 그의 모습이 허공에 녹아들듯이 사라졌다.

SF 영화 속 광학미채(光學迷彩)와는 달리 윤곽이 보이지도 않고 이동할 때도 전혀 알아차릴 수 없는, 마치 진짜 형체 없는 존재가 되어버린 것 같은 은신이었다.

"크윽……."

그런 놀라운 능력을 사용한 용우가 비틀거렸다.

'마력 고갈 현상? 고작 은신 하나 썼다고?'

용우는 어이가 없어서 눈을 감고 감각을 내면으로 향했다. 의료 기기의 도움 없이도 스스로의 체내 상태를 체크할 수 있는 이 능력은 어비스의 전사들은 모두들 기본적으로 터득한 능력이었다.

'거의 탈진 상태잖아?'

스펠을 발현하기 위해서는 마력이라는 특별한 에너지가 필요하며, 이 에너지는 어비스의 전사들의 체내에 형성된 특수한 기관을 작동시키면서 발생한다.

그런데 지금 용우의 전신에 골고루 퍼져 있는 그 마력 기관이 바싹 말라 있었다.

오랫동안 못 먹어서 영양실조에 걸린 것 같은 상태다.

'젠장. 봉인되고 오래 시간이 지나서 그런 건가? 대체 시간이

얼마나 지났기에……'

부상을 제외하면 이런 경우를 경험해 보지 못한 용우는 당황했다.

하지만 부상당해서 약해졌을 때의 경험을 되새기면서 천천히, 그리고 세심하게 마력 기관을 다루어 힘을 끌어내었다.

—블링크.

곧 그의 몸이 한 번 깜빡이듯이 공간을 뛰어넘었다.

한순간에 100미터씩 발자국조차 남기지 않고 목표 지점을 향해 이동한다.

그리고 용우는 곧 아직 멀쩡한 빌딩 옥상에 올라서 전장을 내려다볼 수 있었다.

투두두두두!

군사용으로 보이는 길이 5미터 정도의 드론(Drone: 무인 비행기)들이 하늘을 날며 기관총을 갈겨대고 있었다.

쾅! 콰아아앙!

그리고 역시 무인기로 보이는, 일반적인 전차보다 훨씬 작은 사이즈의 전차들이 빠른 기동력을 뽐내면서 포를 쏘아대고 있었다.

그 무인 병기들이 교전하고 있는 대상은 바로…….

"말도 안 돼."

덩치가 4층 빌라만큼이나 큰, 검은 비늘과 홍옥 같은 눈동자의 도마뱀 같은 괴물이었다.

"어째서 저게 여기에 있는 거야?"

용우는 악몽을 꾸는 사람처럼 경악과 불신에 가득 찬 목소리로 중얼거렸다.

그럴 수밖에 없었다.

저 괴물은 바로 그가 어비스에서 수십 마리도 더 처치했던 바로 그 괴물이었으니까.

쾅!

그때 사방에서 퍼붓는 화력을 온몸으로 받아내고 있던 괴물이 움직였다.

포효는 없다. 그저 앞으로 나서며 긴 앞발을 휘둘러서 드론을 후려쳤을 뿐이다.

일격으로 드론이 부서져서 추락했다.

쾅! 쾅! 콰과광……!

무인 전차들 역시 괴물 앞에서는 장난감이나 다름없었다.

지금까지의 공격은 괴물에게 아무런 대미지도 주지 못했다. 괴물은 그 사실을 과시하듯이 무인 전차를 들어 올려서 다른 무인 전차를 찍어버렸다.

꽈과과광……!

처참하게 부서진 무인 병기들의 잔해를 넘어서 괴물이 전진한다.

그런데 그때였다.

용우의 눈이 빛났다.

'사람이다.'

한 사람이 빌딩 사이로 걸어오고 있었다.

마치 검은 라이딩 슈트 위에 무거운 장갑을 덧댄 것 같은 옷을 입은 거구의 남자였다.

저런 장비라면 분명 헬멧이 있어야 할 것 같은데 맨얼굴을 드러낸 상태다. 그러나 얼굴 반쪽을 물들인 붉은 유혈의 흔적이 그가 왜 헬멧을 벗어던졌는지 짐작할 수 있게 했다.

남자는 손에 든 커다란 무언가를 땅에 질질 끌고 오고 있었다.

그것은 현대의 전장에 등장하기에는 어울리지 않아 보이는 무기, 언월도였다.

시퍼런 스파크를 휘감은 길이 3미터의 언월도를 든 남자가 중얼거렸다.

"빌어먹을. 5분도 못 버텨주다니 이거 너무하잖아."

무인 병기들을 향해 투덜거린 남자가 언월도를 들어 올리고 자세를 잡았다.

4층 빌라만큼이나 거대한 괴물 앞에 인간이 혈혈단신으로 선다.

그야말로 당랑거철(螳螂拒轍)이라는 사자성어가 떠오르는 상황이었다.

그러나 그와 마주 본 괴물은 선불리 움직이지 않았다.

알고 있는 것이다.

이 작고 보잘것없어 보이는 인간이, 사실은 자신을 위협할 수 있는 존재라는 것을.

크르릉!

먼저 움직인 쪽은 괴물이었다.

그만한 덩치라고는 믿을 수 없는 속도로 돌진, 긴 앞발을 휘둘러 남자를 후려친다.

이에 대한 남자의 대응도 놀라웠다.

척 봐도 무거워 보이는 옷과 언월도까지 든 채로 3미터 이상을 도약해서 피해내는 게 아닌가?

화아아아악!

하지만 그것은 괴물이 유도한 회피 동작이었다. 괴물이 기다렸다는 듯 입에서 불을 뿜었고…….

퍼어엉!

대각선 위쪽에서 날아온 푸른 섬광이 괴물의 머리통을 후려쳐서 그것을 빗나가게 만들었다.

용우가 깜짝 놀라서 공격 방향을 바라보았다.

'은신 스펠과 장거리 공격 스펠을 가진 저격수.'

용우가 올라서 있는 것과는 다른 빌딩 위, 한 사람이 라이플을 든 채로 엎드려쏴 자세를 취하고 있었다.

하지만 그 모습은 보이지 않는다.

용우에게 은신 간파 능력이 있어서 흐릿하게라도 보이는 것이지 일반인은 아예 그가 존재한다는 것조차 모르리라.

그리고 그렇게 저격을 당해서 허우적거리는 괴물에게 쇄도한 근접 전투원이 언월도를 후려친다.

콰직!

시퍼런 스파크를 휘감은 언월도가, 중기관총과 전차포로도 흠집을 내지 못한 괴물의 몸을 가르자 새카만 피가 뿜어져 나왔다.

"하……."

자신이 알고 있던 현대전과는 너무나 다른 그 광경에 용우는 헛웃음을 터뜨렸다.

"도대체 세상이 어떻게 된 거야? 내가 미쳐 버린 건가? 아니면 세상이?"

그것은 용우에게 있어서는 한시라도 빨리 답을 구해야만 하는 의문이었다.

2

쿠과과과광……!

굉음이 연이어 터져 나왔다.

용우가 빌딩 위에서 지켜보는 가운데 격렬한 전투가 이어졌다.

언월도를 든 사내가 초인적인 움직임으로 괴물과 근접전을 벌이고, 계속해서 위치를 바꾸는 저격수가 때때로 가하는 공격이 그를 엄호한다.

뿐만 아니다.

조금 시간이 지나자 언월도 사내 말고 커다란 양손 대검을 든 여자 하나가 합류해서 합공을 펼쳤고, 다시 잠시 후에는 빌딩 위에 나타난 중화기를 든 남자가 시간차를 두고 강력한 화력을 퍼붓기 시작했다.

용우는 이 전투를 자세히 관찰했다.

만약 저들이 크게 열세에 처했거나 주변에 민간인이 있었다면 보고만 있지는 않았을 것이다.

'연계가 잘되는군. 충분히 이기겠어.'

그러나 4명의 초인들은 훌륭한 연계로 검은 비늘의 도마뱀 괴물을 몰아붙이고 있었다.

'무기가 정말 훌륭해. 우리가 쓰던 것과는 비교도 안 되는군.'

어비스에서, 납치당해 전사가 될 것을 강요받은 24만 명에게 주어진 무기는 중세 시대에나 썼을 법한 냉병기였다.

그 무기에 특별한 구석은 아무것도 없었다. 그저 몇몇 스펠은 무기를 들었을 때 진가를 발휘하기에 썼을 뿐이다.

'현대 병기라기보다는… 현대의 기술로, 스펠의 활용도를 최대한 높이는 목적으로 만들어진 병기다. SF인지 판타지인지 모르겠군.'

용우가 헛웃음을 흘렸다.

저 무기들은 정말 훌륭하다.

이들은 본신 능력만으로 보면 저 괴물을 쓰러뜨릴 수 있는 수준이 아니다.

그러나 장비가 그들의 힘을 제대로 살려주고 있고, 텔레파시 스펠을 쓰는 것도 아닌데도 소름 끼칠 정도로 멋진 연계를 보여주고 있다.

'관측 장비와 통신기기가 있기에 가능한 일이겠지.'

어비스에는 그런 것이 없었다. 신속하고 정교한 연계를 위해서는 텔레파시 스펠이 필수적이었다.

퍼어엉!

다시금 저격수의 공격이 괴물을 때린다.

용우가 보기에 저격수의 장비는, 그가 저격 시에 쓰고 있는 스펠 염동충격탄(念動衝激彈)의 위력을 3배 이상으로 높여주고 있었다.

'게다가 탄두에 따라서 사거리와 성향이 바뀌는 것 같군. 관통 중시인지 아니면 저지력 중시인지…….'

달인의 컨트롤을 가졌어도 스펠을 그 정도까지 원하는 대로 최적화하기 어렵다.

그런데 장비를 갖추는 것만으로도 그런 일이 가능하다니…….

"하하하……."

용우는 허탈하게 웃었다.

그러는 동안 전투는 막바지에 이르고 있었다.

'허공장이 거의 다 벗겨졌다.'

허공장(虛空場; Hollow Field)은 저 괴물이 현대 인류에게도 무서울 수밖에 없는 이유다.

단순한 물리적 타격은 허공장에 무력화되기에, 어비스에 납치당한 24만 명은 초창기에는 대형견 사이즈의 괴물 하나가 덤볐을 뿐인데도 몇 명이나 죽어나갔다.

하지만 스펠의 힘으로 타격하면 괴물의 허공장에 큰 타격을 줄 수 있다.

그리고 허공장을 완전히 벗겨내고 나면 그때부터는 단순한 물리 타격만으로도 괴물을 쓰러뜨릴 수 있었다.

'물론 체내 허공장이 있으니 웬만한 타격으로는 안 되겠지만…….'

괴물은 몸 밖에만이 아니라 안에도 허공장이 있어서 주요 장기들을 보호한다.

하지만 체내 허공장은 체외 허공장보다 약하다. 체외 허공장을 걷어내고 나면 사실상 승부가 끝났다고 봐도 좋았다.

그리고 지금 이 자리에는 드론과 무인 전차들이 있다. 폭약의 충격량을 생각하면 저 괴물을 죽이기에 충분하고도 남는다.

'더 보고 싶지만… 휘말리기라도 하면 안 좋을 것 같군.'

용우는 냉정하게 스스로의 상태를 파악했다.

흥분 상태라 몰랐지만 마력 기관만 바싹 말라 버린 게 아니었다. 신체 컨디션 자체가 영 좋지 않았다.

'오랫동안 식물인간처럼 잠들어 있었다고 생각하면 이 상태가 이해가 간다. 아무래도 봉인 스펠은 봉인된 존재의 시간을 정지시키거나 한 것은 아니었던 모양이군. 난 아마도 가사상태에서 마력을 대가로 오랜 시간을 버틴 거겠지.'

뭔가 영양분을 보충해야 한다. 인간의 신체를 위한 영양분과 마력 기관을 위한 영양분 양쪽을.

—시공의 보물고.

용우가 아공간을 여는 스펠을 사용했다.

이 스펠은 시간의 흐름에서 격리된 별도의 아공간을 열고 관리할 수 있는 스펠이었다. 지구의 물리법칙으로는 이해할 수 없는, 마치 게임의 인벤토리를 현실에 구현해놓은 것 같은 능력이다.

치지직…….

하지만 용우의 스펠은 제대로 발동되지 않았다.

"큭……."

용우의 마력 기관 상태가 워낙 부실했기 때문이었다.

시공의 보물고는 마력 소모는 적지만 상당히 고위 스펠이다. 그리고 고위 스펠을 발동함에 있어서 중요한 것은 마력 보유량이나 출력보다는 마력의 질적인 부분이었고, 당장 쓰러져도 이상하지 않은 병자나 다름없는 용우는 그 조건을 충족시키지 못했다.

"빌어먹을."

용우는 짜증을 내면서 다른 선택지를 고민했다.

—블링크.

그리고 그대로 공간을 뛰어넘어서 전장을 벗어났다.

목적지 없는 후퇴는 아니었다.

'저놈이 딱 좋겠어.'

충분한 시간차를 두고 2번 블링크를 사용, 700미터 바깥쪽에 도달한 용우는 곧바로 팔을 휘둘렀다.

—사일런트 엣지!

파악!

그러자 팔의 궤적으로부터 2미터 떨어진 지점에 있던 무언가가 절단되면서 검은 피가 튀었다.

캐애앵!

용우에게 기습을 당한 괴물이 비명을 질렀다.

대형견만 한 덩치를 자랑하는 최저등급 괴물, 주시견.

언뜻 보면 4족 보행하는 개과 생물처럼 보이지만 잘 보면 그렇지 않음을 알 수 있다. 실루엣만 닮았을 뿐, 털이 하나도 없고 대신 비늘이 그 자리를 채우고 있으며 눈은 개의 그것보다 5배는 큰 것 하나만이 박혀 있었으니까.

서걱!

용우는 신속하게 주시견의 목을 잘라 버렸다. 최저등급이라고는 하지만 저 눈에 내재된 마력이 발현되면 귀찮았기 때문이다.

"마력석은… 꽝이군."

용우가 혀를 찼다.

괴물들을 처치하다 보면 확률적으로 마력석이라 불리는, 마력이 응집된 광석이 나온다.

이 광석은 마력을 다루는 자들에게 있어서는 대단히 유용한 자원이었다. 특히 용우 입장에서는 마력 기관을 회복시킬 수 있는 가장 뛰어난 영양분이 될 수 있기도 하다.

—에너지 드레인!

하지만 마력 회복을 마력석에만 의존해야 했다면 용우는 어비스에서 살아남을 수 없었을 것이다.

그가 스펠을 펼치자 주시견의 커다란 안구에 담겨 있던 마력이 빨려 들어오기 시작했다.

치이이익!

순식간에 주시견의 눈이 쪼그라들어 버리고, 목 잘린 시체는 검은 모래가 되어 부서지기 시작했다.

—정화!

용우가 또 다른 스펠을 펼쳤다.

그러자 체내로 흡수된 주시견의 마력이 정수기 필터를 거친 물처럼 맑게 정화되어서 마력 기관을 촉촉하게 적시기 시작했다.

이 과정에서 흡수한 마력의 절반이 손실되었지만, 양에 욕심을 내다가 탁한 기운에 오염될 위험을 생각하면 이편이 나았다.

"크으……!"

용우는 말라비틀어졌던 마력 기관이 순식간에 마력을 흡수하는 감각에 신음했다.

동시에 격렬한 허기가 끓어올랐다.

'가뭄으로 쩍쩍 갈라진 논에다가 물 한 바가지 부은 셈이지.'

마력 기관을 회복하려면 아주 많은 마력을, 장기간에 걸쳐 투입해 줘야 할 것이다.

'마침 상황이 좋군.'

용우는 미소를 지었다.

주시견을 덮치기 전, 그는 빌딩 옥상에서 주변을 둘러보면서 상황을 파악했다.

처음에는 너무 당황한 나머지 문명이 거의 멸망 직전에 달한 것은 아닌가 하는 걱정이 들었다.

하지만 전투를 지켜보는 동안 제정신이 돌아왔고, 차분하게 상황을 파악할 여유가 생긴 것이다.

전장이 되어버린 시가지 사방에 커다란 쇠기둥들이 꽂혀 있었고 그로부터 발생하는 고출력 전자파가 이 구역을 외부와 격리시키는 울타리 역할을 하고 있었다.

수 킬로미터에 걸친 이 울타리 안에는 저 거대한 검은 도마뱀 괴물 말고도 많은 괴물들이 있었다.

투두두두두……!

하늘에는 전장을 통제하는 역할로 보이는 드론 몇 대가 떠 있었고, 보다 저공비행하는 드론들이 그 괴물들에게 총격을 퍼붓거나 폭탄을 투하하는 것으로 특정 방향으로 몰아간다.

그리고 몰아간 곳에는 마력을 다루는 병력들이 대기하고 있다가 전투를 벌이는 것이다.

용우가 잡은 주시견은 드론들이 드나들지 않은 좁은 골목에 위치한 놈이었다.

'정말 능숙하다. 괴물을 상대하는 매뉴얼이 완벽하게 잡혀 있다는 건데… 대체 시간이 얼마나 지난 거지?'

용우는 불안해지기 시작했다.

몸 상태를 보니 봉인에서 풀려나기까지 꽤 시간이 지났다는 것을 짐작할 수 있었다.

그런데 대체 그 시간이 얼마 만큼일까? 혹시 100년이나 200년이 지나 버린 것은 아닐까?

'일단은 몇 마리 더 잡아서 회복 좀 하고 빠져나가자.'

방침을 정한 용우는 곧바로 행동에 들어갔다.

은신을 유지한 채로 작고 약한, 그리고 드론들에게 포착되지 않은 괴물들만 골라서 사냥한다.

4마리를 잡자 그중 하나에서 손톱보다도 훨씬 작은 마력석이 나와서 흡수했다. 그리고 나머지는 에너지 드레인으로 마력을 포식했다.

"후우, 좋아. 이제야 좀 살겠군."

당장 쓰러질 것 같았던 상태는 면했다.

[경고한다, 미등록 각성자.]

그런데 그때였다.

그의 위로 날아온 5미터 정도 크기의 드론 한 대에 설치된 마이크를 통해서 목소리가 울려 퍼졌다.

[당장 불법적인 전투 행위를 중단, 은신을 해제하고 신병 구속을 받아들이도록! 불응한다면 발포하겠다!]

"어?"

순간 용우는 뒤통수를 한 대 얻어맞은 듯 멍청한 표정을 지었다.

은신 스펠을 발휘하면 완벽하게 모습이 감춰진다. 적외선 시각을 가진 괴물들도 보지 못하는데 들켰단 말인가?

[다시 한번 경고한다. 미등록 각성자, 은신을 해제하고……]

자신에게 경고하는 드론을 보며 용우는 입술을 깨물었다, 어떻게 해야 할까?

"후우, 바빠 죽겠는데 이건 또 무슨 일이래?"

그런데 그때 그의 뒤쪽에 한 사람이 사뿐하게 내려섰다.

동시에 드론이 뿌연 뭔가를 살포했다.

쉬이이익……!

용우는 유독 성분이 있는 가스인가 싶어서 호흡을 차단했다.

그런데 살포된 분말 속에서 용우의 윤곽이 뚜렷하게 드러나는 게 아닌가?

'발광체?'

심지어 용우의 몸에 달라붙어서 반짝반짝 빛을 내기까지 하고 있었다.

소총을 든 젊은 남자가 용우를 겨누며 말했다.

"어이, 빨리 은신 풀고 손 들어. 좋게 좋게 가자고. 우리 지금 진짜 바쁘다. 게이트 브레이크 터져서 수습만으로도 미치겠는데 범죄자 상대하느라 총탄 낭비하고 싶지 않거든?"

"……"

어차피 쓸모없어진 은신이었기에 용우는 모습을 드러내었다.

그리고 잠시 고민하다가 손을 들어 올렸다.

'블링크로 도망칠 수는 있겠지만 거기에 대한 대응책이 있을 수도 있어. 지금 몸 상태로 교전을 벌이기보다는 상황을 보는 게 낫다.'

상대는 어비스의 괴물들과 달리 말이 통하는 인간이었고, 한국어를 쓰는 것으로 봐서 한국인이 확실하다.

'아마도 여긴 한국이겠지. 그럼 괜히 소동을 일으키는 건 안 좋아.'

용우는 필사적으로 스스로를 설득했다.

그렇지 않으면 지난 3년간 어비스에서 지옥을 맛보면서 형성된 흉포한 충동이 고개를 쳐들 것 같았기 때문이다.

'어차피 도망치려면 얼마든지 도망칠 수 있어.'

용우는 이 전장에서 본 각성자들의 수준을 바탕으로 그렇게 판단했다.

일단은 정보를 얻어야 한다. 그 목적을 위해서라면 공권력에 신병을 구속당하는 것 정도는 충분히 감수할 만한 투자다.

"말 잘 들어서 좋네. 수갑 채워."

소총수가 말하자 뒤쪽에서 은신으로 접근해 온 다른 남자가 용우에게 접근, 양손을 들어 올린 채로 모아서 수갑을 채웠다. 그리고 양다리를 모으게 하더니 발목에도 구속구를 채워서 움직일 수 없게 만든다.

'응?'

그리고 다음 순간 일어난 일은 용우의 예상을 뛰어넘었다.

철컥…….

드론에서 발사된 줄이 수갑과 연결되는 게 아닌가?

그리고 2대의 드론이 추가로 날아오더니 줄을 연결했고, 용우의 머리 위에 삼각형으로 배치된 채로 날아올랐다.

"어, 어어어어?"

드론에 의해 하늘을 날게 된 용우가 깜짝 놀랐다. 이런 식으로 인간을 구속해서 수송한단 말인가? 건물에 부딪치거나 끈이 잘려서 추락하기라도 하면 어쩌라고?

'세상이 도대체 어떻게 변한 거야?'

용우는 드론에 매달린 채로 전자파 울타리 밖으로 수송되었다.

3

헌터 관리부 제3과 제2팀장 김은혜는 골치가 아픈지 잔뜩 눈살을 찌푸렸다.

"이거 혹시 내가 SNS 계정 폭파한 후에 유행하기 시작한 장난인가? 바빠 죽겠는데 장난하자는 건 아니지?"

김은혜가 보고 있는 서류는 게이트 브레이크를 수습하기 위해 배틀 필드로 설정된 지역에서 불법적으로 전투 행위를 하다가 붙잡혀 왔다는 미등록 각성자의 진술서였다.

부하 직원이 대답했다.

"아닙니다. 진짜입니다. 거짓말탐지기 체크도 했고요."

"이런 미친……."

김은혜가 욕설을 내뱉었다.

그럴 수밖에 없었다.

누더기 같은 옷을 입고 있던 미등록 각성자를 신문한 결과, 믿을 수 없는 대답이 나왔기 때문이다.

다른 건 다 필요 없고 중요한 것은 두 가지였다.

2012년 실종자.

미등록 각성자.

"이게 진짜라면… 완전 폭탄이잖아?"

"진술이 사실이라면 분명 그거겠죠. 전설의 0세대 각성자."

"그것도 세계 최초지. 유일하기도 하고. 미쳐 버리겠군."

"우리 선에서 처리할 일이 아니지 않습니까?"

"맞아. 하지만 대박이지."

"……."

"잘만 처리하면 승진은 따놓은 당상일걸?"

김은혜는 흥분 섞인 미소를 지었다.

서용우가 정말 0세대 각성자라면 그의 존재는 폭탄이나 다름없다.

하지만 그 폭탄의 가치는 엄청나다. 그에게서 모두가 궁금해할 사실들을 진술받고, 그의 존재를 외부에 알려지지 않도록 은폐한 채로 상부에 넘길 수 있다면 그것만으로도 큰 공이 되리라.

김은혜는 야심이 있는 사람이었기에 이것이 자신에게 주어진 기회라고 생각했다.

"그럼 어디 내가 한번 이야기를 해볼까?"

그녀는 콧노래를 부르며 취조실로 향했다.

* * *

서용우는 취조실에서 편안하게 기다리고 있었다.

절대 편안한 환경이 아니어야겠지만, 지금의 그에게는 휴게실이나 다름없었다.

그가 한 일은 자신들을 헌터 관리부 직원이라고 밝힌 조사관의 묻는 말에 정직하게 대답해 주는 것뿐이었다.

구속당한 후로 지금까지 죽 얌전히 굴었기에 저들도 거칠게 나오지 않았고, 배가 고프다고 하니 먹으라고 컵라면에 물을 부어서 주기도 했다.

'컵라면과 수세식 화장실에 물 콸콸 나오는 세면대라니… 하하하.'

그것만으로도 용우는 세상 모든 악(惡)을 용서할 수 있을 것 같은 기분이었다.

컵라면을 먹는 순간 눈물이 핑 돌았다.

단맛도 별로 안 나는 과일, 악취 나는 괴물의 고기를 진수성찬이랍시고 먹으며 살던 3년…….

화학조미료로 구축된 문명의 맛은 얼마나 위대한 문명의 산물이란 말인가.

그가 컵라면을 먹으며 눈물을 흘리자 신문하던 조사관이 당황해서 상냥한 태도를 보였을 정도였다.

용우가 포만감에 젖어 늘어져 있을 때, 문이 열리면서 한 사람이 들어왔다.

이번에 들어온 것은 아까 전의 그 조사관이 아니라 헌터 관리부의 제복을 입은 여성이었다.

"서용우 씨."

"예."

"저는 헌터 관리부 제3과 제2팀장을 맡고 있는 김은혜입니다. 진술서는 잘 봤습니다. 정직하게 대답해 주신 것 맞겠지요?"

"맞습니다. 물어보신 것 중 상당수는 무슨 소린지 알아듣기 어려웠습니다만. 미등록 각성자라거나……."

김은혜는 용우의 투덜거림을 무시하고 그를 빤히 바라보았다.

용우가 의아해하며 물었다.

"왜 그러시죠?"

"음, 고생이 많으셨던 것 같아서요."

용우의 몰골은 말이 아니었다. 노숙자라고 해도 너무하다는 소리를 들을 것이다.

옷은 완전 누더기였고, 머리는 원시인처럼 삐죽삐죽하게 자랐으며, 수염까지 덥수룩하게 자라나 있어서 원래 생김새를 상상하기 어려울 정도였다.

그녀는 작게 헛기침을 하고는 말했다.

"이 진술서대로라면 당신은 2012년에 일어난 대실종의 실종자 24만 명 중 하나라는 말입니다."

"그렇습니다. 아까 조사관분이 제 가족에게 연락을 해보겠다고 하시던데 그건 어떻게 됐습니까? 주민등록번호도 말씀드렸는데……."

실종되기 전, 용우는 군대를 전역하고 대학에 복학하려고 준비하던 처지였다.

"주민등록번호 조회는 마쳤고, 가족분에게 연락하도록 지시해 두었습니다. 그런데, 음……."

"뭔가 문제라도 있나요?"

"당신은 실종되어서 이상한 공간으로 떨어졌고, 그곳에서 3년을 지냈다고 진술했습니다."

"그렇습니다. 어비스라고 불리는 곳이었죠. 이런 말을 하면 미친 사람처럼 보일 수도 있다는 건 압니다만……."

"그런 의도로 말씀드린 건 아니었습니다. 이미 보셨겠지만 세상은 당신이 실종된 2012년과는 많이 달라졌으니까요. 돌아와서 놀라지 않으셨습니까?"

"……."

물론 놀랐다. 너무나 놀라서 지금도 불안에 시달리는 중이다.

잠시 침묵하던 용우는 큰 결심을 한 표정으로 물었다.

"혹시 지금이 몇 년도입니까? 제가 실종된 후로 얼마나 시간이 흐른 거죠?"

"15년이 흘렀습니다. 오늘은 2027년 9월입니다."

그 말에 용우가 눈을 크게 떴다.

"…15년이 흘렀다고?"

그가 멍청하니 중얼거렸다.

그리고 김은혜가 보는 앞에서 그의 표정이 시시각각 변해간다.

처음에는 경악, 그다음으로는 불신, 그리고 결국은 당장 울음을 터뜨릴 것 같은 얼굴로 분노했다.

"뭐 이런 개 같은 경우가 다 있어!"

쾅!

그가 주먹을 내려치자 철제 책상이 쪼개져서 주저앉았다.

동시에 김은혜가 창백하게 굳은 얼굴로 권총을 겨누었다.

"그, 그만두십시오."

그녀의 목소리가 떨린 것은 놀라서만은 아니었다.

분노한 용우를 중심으로 퍼져 나가는 정체불명의 마력 파동이 숨쉬기도 어려운 압력을 형성했기 때문이다.

"뭐?"

용우가 그녀를 노려보았다.

순간 김은혜는 가슴이 철렁했다. 자신을 바라보는 용우의 눈은, 방금 전까지의 유순함이 온데간데없이 어마어마한 살의로 타오르고 있었기 때문이다.

그리고 잠시간의 대치를 깬 것은 문이 격하게 열리고 사람들이 뛰어 들어오는 소리였다.

완전무장한 병력들이 돌입해서 용우에게 총구를 겨누었고…….

"컥……."

그들 모두가 고통스러운 신음을 흘리며 비틀거렸다.

탕!

그리고 예상치 못한 상황에서 한 사람이 실수로 방아쇠를 당겨 버렸다.

'안 돼!'

김은혜가 경악해서 용우를 바라보았다.

그리고 더더욱 놀랐다.

총탄이 꽂힌 지점. 용우의 어깨에 투명한 푸른빛의 파문이 번져 나가고 있었다.

그것은 게이트로부터 나와 인류를 위협하는 적, 몬스터들이 기본적으로 가진 힘.

'허공장?'

또한 각성자 역시 가진 힘이기도 했다.

그러나 각성자의 허공장은 거의 대부분 체내 허공장뿐이다. 몸 밖으로 허공장을 전개할 수 있는 헌터는 극소수였다.

"히이익……."

실수로 발포해 버린 헌관부 병사가 신음했다.

용우의 시선이 자신에게 향하는 순간, 마치 이를 드러낸 괴물과 마주한 것 같은 위압감이 덮쳐왔기 때문이다.

숨 막힐 것 같은 긴장감이 그 자리를 지배했다.

그 긴장의 끈을 풀어낸 것은 용우였다.

"…미안합니다."

살기를 거두고 사과하더니 다시 자리에 앉았던 것이다.

"충격적인 이야기를 들었더니 감정이 격해져서 그만."

"이, 이해합니다."

김은혜가 반사적으로 대꾸하자 용우가 말했다.

"이해하신다니 다행이군요. 그럼 일단 다들 총구를 물려주시겠습니까? 진정하기 어렵군요."

김은혜가 병사들에게 눈짓하자 병사들이 총구를 내리고 한 걸음씩 물러났다.

"총에 한 발 맞은 건 없는 일로 하죠. 대신 제가 한 일도 불문에 부쳐주십시오."

"그러겠습니다."

"여기 오기 전의 불법 전투 행위를 포함해서 하는 이야기입니다."

"……."

그 말에 김은혜가 움찔했다.

용우가 무덤덤한 얼굴로 말했다.

"필요한 일이라고 생각해서 구속에도 응하고, 진술도 순순히 했습니다만 좀 귀찮군요. 총까지 맞고 나니 내가 왜 이래야 하나 싶은데, 내가 그쪽에게 직접적인 위해를 가하지도 않는 상황에서 경고도 없는 발포 행위는 혹시 불법 아닙니까?"

"그렇지는……."

"그 말, 목숨을 걸고 진실이라고 단언할 수 있습니까?"

말을 자르고 들어온 용우의 질문에 김은혜가 침을 꿀꺽 삼켰다.

자신을 노려보는 용우의 시선이 너무나 날카로웠기 때문이었다.

그리고 용우는 대충 찔러본 것이겠지만, 법률이 그의 지적대로였기 때문이기도 하다.

"불법 발포로 총에 맞은 사람이라면 이 정도 요구는 할 수 있을 것 같습니다만?"

물론 상처는커녕 아픔조차 없었다.

하지만 살상용 탄이 아니라 제압용 탄일지언정 저쪽에서 총을 쐈고, 용우가 맞았다는 사실이 변하지는 않는다.

'곤란해.'

김은혜가 입술을 깨물었다.

작전 중 헌터 관리부의 힘은 아주 강력하다.

불법적인 발포?

그건 그냥 묻어버리면 그만이다. 용우가 난동을 부려서 경고할 새도 없이 쐈다고 처리하면 민간인인 용우가 뭘 어쩌겠는가?

문제는 지금 당장 용우를 저지할 방법이 없다는 것이다.

그녀 자신도 각성자고, 지금 돌입한 병사들 중에서도 2명은 각성자다. 그리고 아무리 전투 직종에 종사하지 않는 각성자라고 해도 그들은 일반인을 압도하는 전투 능력을 가졌게 마련이다.

하지만 과연 그들이 용우의 상대가 될까?

'CCTV에 잡힌 장면들만 봐도 가진 스펠이 한두 개가 아니야. 정체불명인 데다 이동 능력은 불가사의한 수준. 게다가 스펠들 중에는 아예 알려지지 않은 것들도 있었고 지금 일어나는 이 현상도…….'

은신한 채로 행동하던 용우가 포착된 것은 CCTV 때문이다.

배틀 필드 설정이 끝나는 순간, 그 안 곳곳에 드론들이 회수 가능한 간이 CCTV들을 설치해 놓았고 용우는 그 사실을 모르는 채로 몬스터들과 싸웠던 것이다.

그 CCTV에 포착된 영상만 봐도 용우는 무서워해야 할 대상이었다. 도무지 전투 능력을 제대로 파악할 수 없었으니까.

'하지만 0세대 각성자를 이대로 보내주면… 시말서 정도로 끝나지 않을 텐데.'

바로 오늘 아침까지만 해도 0세대 각성자는 허무맹랑한 전설에 불과했다.

하지만 용우의 존재로 인해서 이제는 전 세계의 주목을 모을 떡밥이 될 것이다.

김은혜는 용우와 면담을 해보고 나서 그를 구금해 둔 채 시간을 끌 생각이었다. 정보를 통제하고 윗선에 보고를 올리면 분명 무슨 죄목으로든 구속하라는 지시가 떨어졌을 것이다.

"별로 머리 굴릴 상황이 아닌 것 같은데도 머리 굴러가는 소리가 들리는 걸 보니… 안 좋은 속셈이 있으신 것 같은데."

김은혜는 아차 했다. 생각이 길어지자 용우의 눈이 가늘어졌기 때문이다.

그녀는 몰랐지만 용우는 정말로 인간을 믿는다는 행위 자체가 자살행위나 다름없는, 서로 죽고 죽이는 것이 당연한 지옥에서 살아왔다. 상대가 자신을 위협할 꿍꿍이를 가졌다고 판단하는 순간, 용우는 더없이 가차 없고 잔혹한 존재가 된다.

"팀장님, 나랑 약속 하나 하죠."

"약속?"

"지금부터 서로 진실만을 답할 것을, 또한 대답을 회피하지 않을 것을 약속합시다. 어떻습니까?"

"서로 말인가요?"

"예. 서로."

"그 정도라면야… 좋아요."

김은혜는 속으로 미소를 지었다.

이 방에는 거짓말탐지기가 설치되어 있다. 하지만 기계로 인한 판독 결과는 밖에서만 알 수 있는 것이다.

즉, 김은혜는 용우가 거짓말을 했는지 나중에 알아볼 수 있지만 용우는 김은혜가 거짓말을 하는지 알아볼 수가…….

—진실의 서약!

하지만 그 순간 뭔가가 김은혜의 뇌와 심장을 움켜잡았다.

'뭐지?'

김은혜가 당황할 때였다.

"페널티는 5초간의 심장마비로 설정했습니다."

"네?"

"서로 진실만을 말하고, 대답을 회피하지 않을 것을 약속했잖아요? 약속을 어기면 5초간 심장마비가 온다고요."

"……."

"못 믿는 눈치군요? 여긴 이 스펠을 가진 사람이 없거나, 있어도 적어도 겉으로는 드러나지 않은 모양이군. 뭐, 정 못 믿겠다면 시험해 봐도 좋습니다. 당신의 이름은 김은혜가 맞습니까?"

도발하는 듯한 용우의 말에 김은혜는 잠시 갈등했다.

방금 전에 뇌와 심장을 뭔가가 움켜잡는 듯한 감각은 생생했다. 뭔가 스펠이 걸리긴 걸렸을 것이다.

하지만 과연 용우의 말이 진실일까?

블러핑이라면 정말 허무할 것이다. 완전히 용우의 뜻대로 끌려가게 될 테니까.

거기까지 생각한 김은혜는 마음을 독하게 먹고 말했다.

"아니에요."

그리고 갑자기 눈앞이 캄캄해졌다.

4

심장마비.

참 쉽게 접할 수 있는 증상이다.

물론 현실에서가 아니라 창작물 속에서 말이다.

살면서 진짜 심장마비를 일으켜 보거나, 혹은 심장마비를 일으킨 사람을 볼 기회가 어디 흔하겠는가?

하지만 소설이나 만화, 드라마 등에서는 너무나 흔하게 심장마비를 접할 수 있다.

김은혜 또한 그러했고, 그래서 그녀는 치명적인 실수를 저질렀다.

심장마비를 가볍게 보는 실수를 말이다.

"커억… 헉, 허억……."

암전되었던 시야가 정상으로 회복되었다.

잠시 동안 무슨 일이 일어났는지도 모르고 패닉에 빠져 있던 김은혜는 곧 주변에서 요란한 소리와 비명이 들려오는 것을 알아차렸다.

그리고 고개를 든 그녀는 보았다.

취조실에 들어왔던 병력들이 모조리… 아니, 복도에 대기 중이던 이들까지 모조리 제압당해서 땅에 엎드려 있는 것을.

김은혜가 심장마비를 일으키는 것을 본 병사들이 공격에 들어갔고, 그리고 그 짧은 시간 동안에 전원 용우에게 당해 버린 것이다.

"공무원 아니랄까 봐 정말 융통성이 없군. 실수로 쏜 한 발을 참아준 것만 해도 관대한 처사라고 생각하는데……."

콰직!

싸늘하게 중얼거리는 용우의 손아귀에서 뭔가가 부서지는

소리가 났다.

김은혜는 그것이 소총이 두 동강 나는 소리라는 것을 알아차리고는 기겁했다.

소총을 한 손으로 잡고 악력을 가하는 것만으로 두 동강 낸다고? 스펠을 쓴 것도 아닌데?

부러진 소총을 내던진 용우가 다시 취조실의 자기 자리로 걸어와서 앉았다.

"죽은 사람은 아무도 없습니다. 당장 치료가 필요한 중상자도 없고."

어비스에서 이런 일이 있었다면, 용우는 자신에게 적의를 보인 모두를 죽였을 것이다. 어비스에서는 그것이 당연한 행동이었다.

하지만 이곳은 지구였다. 용우는 그 사실을 인지하고 필사적으로 내면의 살의를 억눌렀다.

"페널티를 확인했으니 이제 유익한 대화를 나눠도 될 것 같군요. 자, 그럼 질문하지요. 지금 있었던 일도 포함해서 내가 지구로 돌아와서 한 모든 일을 당신의 모든 것을 걸고 불문에 부쳐주지 않을래요?"

"…그, 그럴게요."

"고마워요. 그럼 이제부터 나 혼자만 일방적으로 질문하고 당신은 뭐든지 대답하는 시간을 가지려고 하는데 괜찮겠지요? 나는 단 한 가지 질문도 받지 않는 일방적인 질답 시간으로 진행하는 것에 전적으로 동의해 줄 거죠?"

"……"

"아, 참고로 대답을 회피했다고 판정 뜨기까지는 8초가 걸립니다."

상냥한 용우의 말에 김은혜가 허겁지겁 말했다.

"그럴게요!"

아니라고 하면 이 남자는 무슨 일을 할지 모른다. 그런 공포가 김은혜에게 대답을 강요했다.

"고마워요. 아, 참고로 진실의 서약으로 묶인 동안에 '하겠다'고 말한 내용은 진실의 서약의 유효 시간이 끝나도 계속 강제됩니다. 만약 당신이 스스로 맹세한 말을 지키지 못하면 심장마비가 오겠죠."

"……"

그 말에 김은혜가 하얗게 질려 버렸다.

'사실 유효 시간 후에도 적용 한계 시간이 있으니 길어봐야 3시간만 더 버티면 되겠지만.'

예를 들어 진실의 서약으로 평생 동안 지켜 나가야 할 맹세를 했다고 해도, 평생 동안 강제력에 시달릴 일은 없는 것이다.

하지만 그것까지 말해줄 이유는 없었다. 용우가 거짓말을 한 것도 아니고.

용우가 물었다.

"지금이 2027년 9월이라는 것, 사실입니까?"

"예."

"거짓말이길 바랐건만… 역시 그랬나."

탄식한 용우가 질문했다.

"내 가족에게 연락은 했습니까?"

"아, 안 했습니다."

"왜 안 했습니까?"

용우의 시선이 얼음장처럼 싸늘해졌다.

"……."

"8초라고 했을 텐데, 심장마비 한번 당해보니 버틸 만했나 보네요."

"당신의 존재를… 은폐하려고 했습니다."

"왜요?"

"당신이 0세대 각성자라서……."

"그게 뭔지 차근차근 설명해 보시죠. 아까 전부터 무슨 소리 하는지를 알아먹을 수가 있어야지. 일단 각성자가 뭔지부터 말해봐요. 아, 스펠을 써서 어비스의 괴물과 싸울 수 있는 존재를 가리킨다는 것 정도는 알겠는데……."

"몬스터와 싸우는 사람들은 각성자가 아니라 헌터입니다."

"음? 그러고 보니 여기가 헌터 관리부라 그랬죠. 각성자와 헌터의 차이는?"

"각성자는 2년에 한 번 발생하지만, 그들 전원이 헌터가 되는 건 아닙니다. 그리고 헌터는 각성자로만 이루어진 직업군이 아니고요."

"흠, 그러니까… 정리 좀 해보죠. 당신들은 내가 어비스의 괴물이라고 부르는 존재를 몬스터라고 부른다, 맞습니까?"

"예."

"그리고 몬스터와 싸우는 것을 직업으로 삼은 전투 종사자들을 가리켜 헌터라고 부른다?"

"맞아요."

"그리고 각성자 중에서는 헌터가 되는 사람도 있고 안 되는 사람도 있다?"

"예."

용우는 계속해서 질문을 던졌다.

자신이 실종된 15년간 세상이 어떻게 변했는지를 알기 위한 질문을.

그 결과 현재는 상식으로 통하는, 하지만 용우 자신에게는 반드시 필요했던 정보들을 얻을 수 있었다.

—각성자는 퍼스트 카타스트로피가 일어난 2015년의 1세대를 시작으로 2년 단위로 발생해 왔다.

—2년에 한 번, 때가 되면 전 세계에서 2만 명의 실종자가 발생한다. 그들은 지구가 아닌 다른 세상에서 '각성자 튜토리얼'이라 불리는 과정을 거친다.

그리고 1개월 뒤 생환하는 자들은 전원이 각성자다.

—1세대 때는 생환자가 1,700여 명에 불과했으나 세대를 거듭할수록 생환율이 높아져서 2025년 6세대 각성자는 1만 2천여 명에 달했다.

—생환율이 높아지는 이유는 정보 공유와 분석이다. 각성자

튜토리얼의 내용은 변하지 않는다. 그렇기에 이전 세대가 정보를 공유하고, 그것이 분석되면서 생환율이 높아진 것이다.

"…그리고 나와 같이 실종된 24만 명은, 생환했다면 0세대로 분류될 각성자다 이거군. 허무맹랑한 소리로 치부당하던 존재가 실제로 나타났고, 그래서 관심 가질 놈들이 한둘이 아니라서 내 존재를 은폐하려고 했다, 이거지? 가족에게도 알리지 않고, 어디로 나갈 수도 없게 가둬둔 채로 연구하려고?"

"……."

"유예 시간 8초라는 거 벌써 까먹으셨어? 공무원으로 한자리 할 정도면 머리가 좋을 것 같은데, 아닌가?"

질답을 진행하는 동안 용우의 태도는 북극의 바람보다도 싸늘해졌고 한 줌의 예의조차 남지 않았다.

"…맞아요."

"그렇군. 알겠어. 그럼 이제 집에 가야겠군."

"네?"

"지금까지 있었던 모든 일을, 당신의 모든 것을 걸고 불문에 부쳐주기로 했잖아? 그럼 난 가도 되는 거 아닌가?"

"그, 그렇기는 하지만……."

"아, 그렇지. 내 가족 연락처와 주소는? 당연히 알려줄 거지? 그리고 입을 옷 좀 부탁해. 시민에게 총질을 해놓고 설마 당장 입을 옷을 못 내주겠다는 소리는 하지 않겠지?"

"……"

김은혜에게 '아니오'라는 선택지는 존재하지 않았다.

*　　　*　　　*

용우는 추리닝 차림으로 헌터 관리부를 나섰다.

헌터 관리부 창고에 처박혀 있던 추리닝은 후줄근해 보였지만 그래도 용우가 입고 있던 누더기와 비교할 바는 아니었다.

'이렇게까지 해도 바로 강한 각성자가 지원으로 오지 않은 걸 보니 사태가 급박하긴 한 모양인데.'

게이트 브레이크.

게이트가 출현하고 일정 시간이 지날 때까지, 정확히는 지구와 게이트 사이의 에너지 압력이 균일화될 때까지 게이트를 파괴하지 못하면 일어나는 현상이다.

게이트 너머에 존재하던 몬스터들이 일제히 지구로 쏟아져 나오는 것이다.

그것을 막기 위해 게이트가 발견되면 곧바로 전문가들이 상태를 체크하고 카운트를 시작해서 급한 쪽부터 처리하지만…….

문제는 게이트를 처리할 수 있는 전투 전문가들, 헌터의 수는 한정되어 있고, 때때로 게이트가 출현하는 빈도수가 그들이 커버할 수 있는 한계치를 넘어서 폭주할 때가 있다는 점이다.

이때는 헌터 관리부에서 결정한 우선순위대로 병력이 투입되고, 게이트 브레이크를 일으킨 지역은 배틀 필드로 설정해서 전투를 벌이게 된다.

즉, 게이트 브레이크가 일어났다는 것은 그만큼 일대의 상황이 급박하다는 뜻이다.

쓸 만한 헌터 인력은 전부 현장에 투입되어 있을 수밖에 없었다.

'하지만 이후에는 어떨지 모르지. 그 팀장이나 병사들이야 별거 아니었지만 배틀필드에서 싸우던 각성자들은 확실히 강했으니.'

용우의 상태는 에너지 드레인과 마력석 흡수로 약간 회복되기는 했다. 헌터 관리부에서 먹을 것과 물을 섭취하면서 몸 상태도 좀 나아졌다.

하지만 여전히 좋지는 않았다. 부상으로 약해진 상황에서도 싸운 경험이 많아서 약해진 몸을 어떻게든 멀쩡한 척 움직이고 있을 뿐이다.

"타세요."

김은혜가 차 문을 열어주며 말했다.

그녀는 용우가 혼자 떠나는 것을 막아냈다.

"서용우 씨, 지도 앱을 띄울 휴대폰도 없잖아요. 주소만 갖고 집까지 찾아갈 수 있겠어요? 아, 그러고 보니 2012년에 스마트폰 나왔었나요? 전 어릴 때라 잘 모르겠는데."

강력한 설득력을 가진 그 말에 용우는 김은혜의 제안을 받아들였다.

김은혜는 용우의 가족, 정확히는 가족의 직장에 연락해서 조퇴시키도록 조치하고 용우를 집까지 데려다주기로 했다.

“왜 이런 배려를 해주지? 미안해서는 절대 아닐 거고.”

“물론 아니죠.”

운전대를 잡은 김은혜가 이를 갈고 싶어 하는 표정으로 용우를 쏘아보았다.

진실의 서약의 유효 시간은 끝났다. 하지만 그녀가 보이는 감정이 진심임은 의심할 여지가 없을 것 같았다.

“시말서를 질리도록 쓰고, 그러고도 경질될지도 모른다는 걸 생각하면 당신을 갈아 마셔도 모자라는데요.”

“자업자득이잖아?”

시큰둥한 용우의 말에 빠드득, 하고 이를 가는 소리가 났다.

김은혜가 잠시 호흡을 고르면서 감정을 다스리고는 말했다.

“뒷일을 생각하면 당신한테 적의는 사면 안 될 것 같아서요.”

“적의는 이미 샀는데? 설마 그런 시커먼 속셈을 토로해 놓고 적의를 갖지 않길 바랐나? 당신, 진짜 바보 아냐?”

“…말씀이 참 거침없으시네요.”

“적의로 대해야 할 사람한테 가식 떨어서 뭐 하게?”

“저 운전대 잡고 있거든요? 감정이 끓어올라서 사고 내면 어쩌려고요?”

“괜찮아. 사고 나면 내가 다치기나 할 것 같아? 댁 혼자 죽을 거야.”

"……"

다시금 빠드득, 하고 이를 가는 소리가 났다.

한동안 심호흡을 한 김은혜가 말했다.

"그럼 적의를 좀 줄일 필요가 있을 것 같아서, 라고 해두죠."

"그렇게 해서 뭘 바라지?"

"당신이 저를 대화 창구로 써줬으면 좋겠는데요."

"정부랑은 당신을 통해서 이야기하라고? 중개자로서 이익을 취하시겠다?"

"그래요."

"노골적이군."

"돌려 말할 방법이 생각 안 나는 건수라서요. 장담하는데 전 꽤 도움이 될 거고요."

김은혜가 심드렁하게 말했다.

아무리 봐도 뭔가를 부탁하는 태도가 아니다. 하지만 용우는 왠지 웃음이 나왔다.

"좋아. 그렇게 하지."

"정말이죠?"

"잘해야 할 거야. 당신 직장에서처럼 귀찮고 짜증 나는 상황이 터지면 그때는 모가지를 칠 테니까."

김은혜가 침을 꿀꺽 삼켰다.

이 무례한 남자가 말하는 모가지를 친다는 표현이 비유적인 게 아니라 진짜로 목숨을 취하겠다는 뜻은 아닐까, 그런 생각이 들었기 때문이다.

'설마… 아니겠지?'

불안감이 들었지만 김은혜는 굳이 확인해 볼 엄두를 내지 못했다.

Chapter2

연상의 그녀

1

집은 용우가 알던 그곳이 아니었다.

본래 용우네 가족은 서울 변두리의 오래된 개인 주택에 살고 있었다.

하지만 지금은 퍼스트 카타스트로피 이후에 신축된 아파트에 살고 있었던 것이다.

“이 아파트 1607호예요. 그리고 이건 제 명함이에요. 휴대폰 개통하면 연락주세요.”

“그러지.”

김은혜의 명함을 바지 주머니에 쑤셔 넣은 용우는 아파트 입구를 향해 다가갔다.

그리고 잠시 멈칫했다.

입구부터 유리문으로 막혀 있고 비밀번호를 요구했기 때문이다.

"음……."

용우는 머뭇거리다가 호출 버튼을 누르고 1607호를 찍었다.

그러자 잠시 신호가 가더니 인터폰을 받는 소리가 들려왔다.

[누구세요?]

"저기, 음, 그러니까… 여기 혹시 서우희 씨네 집 아닙니까?"

순간 어떤 예감이 뇌리를 스쳐가서, 용우는 나이 차가 많이 났던 여동생의 이름을 댔다.

그러자 인터폰 너머의 목소리는 한동안 말없이 침묵했다.

그러다가 믿을 수 없다는 듯 물었다.

[…정말 오빠야?]

용우가 실종되었던 2012년 당시, 복학을 준비하던 용우는 23세였고 여동생 서우희는 중학교 1학년생, 즉 14세였다.

하지만 그때로부터 15년이 흘렀다.

"우희야, 너냐?"

용우의 목소리가 떨려 나왔다.

처음 인터폰에서 성인 여성의 목소리가 흘러나왔을 때부터 그것이 누구의 목소리인지 예상하고 있었다.

어머니의 목소리는 아니었으니 남은 것은 여동생뿐이다.

하지만 받아들이기가 쉽지 않았다. 자신이 알던 여동생의 목소리와는 달랐으니까.

[들어와. 들어와서 이야기하자.]

서우희는 떨리는 목소리로 말하고는 입구 문을 열어주었다.

*　　　*　　　*

서로의 시간이 다른 속도로 흐르는 것은 SF 창작물의 단골 소재다.

광속으로 우주여행을 떠난 사람들이 몇 년을 보내고 지구로 돌아와 보니, 지구에서는 수십 년이 지난 후였다. 지구를 떠난 후에야 태어났다는 소식을 들었던 딸이 늙어서 노인이 되어 있었다…….

여동생을 보는 순간, 용우는 자신이 그런 이야기 속 주인공이 된 것 같은 착각에 사로잡혔다.

꼬꼬마 중학생이었던 여동생은, 어느덧 눈가에 다크서클이 있는 29세 사회인이 되어 있었다.

"오빠는……."

우희는 멍하니 용우를 바라보더니 말했다.

"…많이 변했네."

"그래?"

용우가 당황했다.

그는 실종되기 전에 이미 성장기가 끝난 청년이었다. 그리고 용우 스스로의 체감으로는 그 후로 3년이 지났을 뿐이다. 그런데 많이 변했다고?

"꼴이 노숙자 저리 가라 할 정도로 지저분해서 그런 것 같아. 좀 씻고 머리도 자르고 수염도 다 밀면 내가 아는 오빠 모습이 나올지도 모르겠는데……."

"……."

그 점에 대해서는 할 말이 없었다.

어비스에서는 외모에 신경 쓰고 살 여유가 전혀 없었으니까.

머리는 대충 귀찮을 정도로 길면 칼로 퍽퍽 쳐 내버렸고, 수염은 지저분하게 자라든 말든 내버려 두었다.

그러다 보니 지금 용우의 몰골은 말이 아니었다.

"그래도 목소리는 그대로인 것 같네, 오빠."

"그건 다행이군."

"나도 많이 변했지? 그 후로 15년이나 지났으니까."

우희는 얼굴은 나이 들어서 성숙해졌다 뿐, 그 속에서 용우가 기억하는 14살 꼬꼬마 중학생의 모습을 찾아낼 수 있었다.

'근데 이거 아무래도……'

용우는 우희에게서 한 가지 지나칠 수 없는 문제를 발견했다. 그녀에게서 보통 사람은 가질 수 없는 느낌이 배어 나오고 있었던 것이다.

하지만 용우는 그것을 지적하는 대신 다른 것부터 물었다.

"그럼 네 나이가… 29살인가?"

"그렇지. 내년이면 서른이야."

서글프게 웃는 우희를 보며 용우는 가슴 한구석이 아파왔다.

용우는 본인의 인식대로라면 26살이다. 그 인식대로라면, 어비스의 끝에서 봉인당해 있는 동안 여동생은 그보다 나이가 많아져 버린 것이다.

"헌터 관리부에서 오빠가 돌아왔다고, 각성자 튜토리얼 비슷한 일이 아주 긴 시간 동안 일어난 것 같다는 말을 듣기는 했는데… 그래도 영 실감이 안 나네. 난 지금까지 오빠가 죽었다고 생각했으니까."

"……."

용우는 뭐라고 말해야 할지 알 수 없었다.

미안하다?

그렇게 사과하는 것은 적절치 않은 것 같았다.

그 지옥 같은 세계로 납치당했던 것이 자신의 잘못은 아니지 않은가?

물론 자의든 타의든 가족에게 슬픔과 상처를 준 것에 대해서 미안하다고 할 수 있겠지.

하지만 그랬다가는 마치 자신이 겪은 시간을 과오라고 인정하는 것만 같아서, 용우는 도저히 그럴 수가 없었다.

그래서 용우는 그 화제를 피해서 다른 것을 물었다.

"아버지랑 어머니는? 아직 안 들어오셨나?"

"헌터 관리부에서 아무 말도 안 해줬어?"

"아무것도 못 들었는데… 왜?"

"아빠랑 엄마는 돌아가셨어."

가슴속에 쿵 하고 돌덩이가 내려앉는 것 같았다.

우희가 무거운 한숨을 쉬더니 말을 이었다.

"2015년에 퍼스트 카타스트로피 때였어. 우리 집도 거기에 휘말렸거든. 난 아직 학교에 있을 때여서 피난해서 살았고……."

"그랬, 구나……."

용우의 목소리가 떨려 나왔다.

우희가 말했다.

"나중에 유골 모신 곳으로 같이 뵈러 가자."

"그래……."

용우는 기분이 무겁게 가라앉는 것을 느끼며 이마를 짚었다.

우희는 그런 용우의 기분을 배려하려는 듯 잠시 동안 말없이 지켜보더니 말했다.

"그럼 일단 씻어."

"응?"

"노숙자 같다고 그랬잖아. 얼굴도 못 알아보겠으니까 당장 씻고 면도도… 음. 면도기가 없으니 내가 금방 사올게. 그다음에 미용실 가서 머리도 다듬고 옷도 좀 사오고 그러자."

"어, 하지만……."

"뭐가 하지만이야? 이 집 깨끗한 거 안 보여? 그런 꼴로 여기서 못 재우니까 얼른 내 말대로 해."

"그, 그래."

반론을 용서치 않는 단호한 태도에 용우는 고개를 끄덕이고 말았다.

* * *

용우가 씻는 동안 우희는 집 근처의 편의점에서 전기 면도기를 사와서 그에게 건네주었다.

그리고 거실 소파에 몸을 파묻은 채로 멍하니 허공을 바라보았다.

"오빠라니……."

그가 살아 돌아왔다는 사실이 도무지 실감이 나지 않았다.

12년 전, 퍼스트 카타스트로피 때 부모님을 잃었을 당시 우희는 17세. 아직 고교 1년생이었다.

친척들은 별로 없었고, 그나마 있는 이들도 부모님과 사이가 소원했기에 그녀는 일찌감치 할머니와 사별하고 혼자 남은 할아버지네 집에서 지내다가 일찍 사회생활을 시작했다.

그녀가 사회생활을 시작하고 나서 얼마 지나지 않아서 할아버지도 돌아가셨고… 그 후에는 정말 의지할 사람 하나 없이 악착같이 살아온 것 같다.

그런데 이제 와서 오빠라니?

솔직히 지금은 용우에 대한 기억조차 흐릿했다.

그래도 그 흐릿한 기억을 더듬어보면, 나쁜 느낌은 아니다.

남매는 대체로 사이가 안 좋다지만, 둘은 워낙 나이 차가 많이 나는 남매라서 그런지 우희는 용우가 좋았다. 오빠라기보다는 남들이 말하는 삼촌 같은 느낌에 더 가까웠던 것 같기도 하지만…….

'어떻게 대해야 할지 모르겠어.'

죽었다고 생각했던 혈육이 살아 돌아왔으니 기뻐서 눈물이라도 흘려야 할 것 같은데, 우희는 전혀 그런 감정을 느끼지 못했다.

그저 혼란스러웠다.

*　　　*　　　*

미용실에서 스타일리스트의 손길을 거친 용우를 본 우희는 눈을 휘둥그레 떴다.

그러더니 다른 사람에게 들리지 않는 작은 목소리로 중얼거렸다.

"정말 우리 오빠였네……."

집에서는 씻고 면도만 한 뒤 추리닝 차림으로 동네 미용실에 왔다.

그리고 미용실에서 머리를 깔끔하게 자른 서용우는, 놀라울 정도로 우희의 기억을 자극했다. 흐릿해진 기억의 밑바닥에서 그 시절의 일들이 기포처럼 떠올라 눈앞을 스쳐갔다.

평소에 잘 웃는 편이지만, 웃지 않을 때면 묘하게 위압적으로 보이는 눈매. 그랬다. 그녀의 오빠 얼굴은 저런 모습이었다.

'피부는 많이 상했네.'

마지막으로 기억하는 모습은 군에서 전역하고 집에서 뒹굴거리던 때였는데, 그때는 참 피부가 뽀송뽀송했다. 군 생활 말년에는 시간이 많아 남아서 공부도 하고 피부 관리도 열심히 하다 나와서 그랬던 것 같다.

하지만 지금은 피부가 많이 상해서 좀 나이 들어 보였다. 그래봤자 20대로 보이는 건 똑같지만.

'아니, 이상하잖아?'

우희는 당연한 사실을 깨닫고 흠칫했다.

용우는 실종 당시 23세였고, 그 후로 15년이 흘렀으니 38세다.

그런데 지금도 20대 후반 정도로밖에 보이지 않았다.

'아무리 동안이라도 그럴 리가 없잖아? 피부라도 예전처럼 뽀송뽀송하면 모를까…….'

여동생이 눈을 동그랗게 뜨고 자신을 바라보자 용우가 겸연쩍어했다.

"이상한가? 머리를 워낙 오랜만에 잘라봐서 원."

"아니, 그런 건 아니고… 그냥 너무 젊어 보여서."

"음, 그건… 집에 가서 이야기하자."

용우는 쓴웃음을 지으며 말했다. 다른 사람 듣는 데서 할 만한 이야기는 아니었기 때문이다.

남매는 미용실 근처의 상가에 들러서 실내복과 외출복, 그리고 속옷까지 대량으로 산 다음 집으로 돌아왔다.

"한동안은 그걸로 입어. 겨울이 오기 전에 내가 괜찮은 옷들 봐서 사줄게."

"갑자기 이렇게 돈 써도 괜찮아?"

용우는 어비스로 납치당하기 전에 군대까지 다녀왔다. 학비는 부모님이 지원해 줬지만 용돈은 아르바이트를 해서 스스로 벌어서 썼기 때문에 금전 감각은 좀 있는 편이었다.

오늘 하루 우희가 용우를 위해 쓴 돈이 100만 원을 훌쩍 넘었다. 당장 필요해서 쓴 돈이라고는 하지만 이래도 되는지 걱정되었다.

"오빠, 난 이제 꼬꼬마 중학생이 아냐. 돈 잘 버는 힐러니까 그 정도로 걱정 안 해줘도 돼."

"그렇구나……."

고개를 끄덕이던 용우는 곧 한 가지 이상함을 깨닫고 물었다.

"힐러? 그건 뭐야?"

"뭐긴 뭐야? 힐러지."

"아니, 그러니까……."

"오빠는 15년 사이에 일어난 일을 전혀 모르는 거야?"

"음, 어느 정도는 알긴 한다만."

용우가 헌터 관리부에서 알게 된 사실들을 하나하나 나열하자 우희가 한숨을 쉬었다.

"핵심만 알고 다른 중요한 건 모르네."

"또 알아둬야 할 게 뭔데?"

"엄청 많아. 당장 북한이 망했다는 것도 모르잖아?"

"뭐?"

용우가 깜짝 놀라서 눈을 크게 떴다.

북한이 망했다니?

그건 용우가 실종된 2012년 시점에서는 상상도 못 할 이야기였다.

"그런 국제 정세에 대한 부분은 인터넷 뒤져보면 다 나올 거야. 내가 전에 쓰던 노트북을 오빠 줄 테니까 시간도 보낼 겸 조사해 봐."

오빠를 놀리는 게 재밌는 듯 웃은 우희가 중요한 사실을 털어놓았다.

"각성자에 대해서는 안다고 했지? 나도 각성자야, 오빠."

용우가 그녀를 보았을 때 느낀 위화감의 정체, 바로 각성자가 되었다는 사실을.

2

서우희는 5세대 각성자였다.

당시에는 각성자 튜토리얼로 소환된 2만 명 중에서 1만 1천여 명이 살아남았다.

이때는 이미 각성자 튜토리얼에 대해서 거의 모든 정보가 공개되었고, 이제는 그것을 더 높은 성적으로 공략하기 위한 방법 연구도 상당한 진척을 보이던 때였다.

한국 정부는 이미 3세대 시절부터 아직 각성자 튜토리얼에 소환되지 않은 소환자 후보들을 대상으로 기초 교육을 실시하고 있었다.

"각성자 튜토리얼에 대한 정보는 물론이고 훈련까지 실시하고 있어. 지금은 더 체계적일 거야."

이런 조치는 대단히 효율적이었다. 지금의 한국은 각성자 튜토리얼에 소환되었다가 살아서 돌아오는 이의 비율이 굉장히 높은 국가였다.

그 결과 인구 대비 각성자 수가 많고 그만큼 국토방위가 안정적으로 이루어졌다. 중국이 7개국으로 찢어지고, 북한이 망하면서 경제적으로도 크게 성장해서 국제적인 영향력이 큰 선진국이 되었다.

"그게 도움이 많이 됐지."

각성자 튜토리얼의 소환 대상자는 거의 대부분 10대 후반에서 30대 초반까지의 젊은 사람들이다.

우희도 이 기준에 포함되었기에 매년 실시되는 기초 교육을 받고, 간단한 실습 훈련까지 받았다.

"아무것도 모르는 채로 내던져졌으면… 살아 돌아오지 못했을 거야, 나는."

우희는 그때를 떠올리며 복잡한 웃음을 지었다.

그녀는 각성자 튜토리얼에서 별로 많은 포인트를 따지는 못했지만 어쨌든 살아 돌아와서 각성자가 되었고, 언제 잘릴지 모르는 비정규직으로 하루하루를 살아가던 인생이 바뀌었다.

하지만 그렇다고 그 시간을 좋은 추억이었다고 회상할 수는 없었다.

한 달이라는 기간 동안 그녀는 언제나 죽음을 염두에 두어야 했고, 합동 미션에서 함께 힘을 합쳐서 싸우던 사람들이 끔찍한 몰골로 죽어나가는 것도 봐야만 했다.

그것은 평생 잊을 수 없을 악몽으로 남아 있었다.

"각성자들은 대부분 헌터가 돼. 이상할 정도로 헌터가 되는 비율이 높아서, 각성자 튜토리얼의 소환자 선정 기준에 전투 종사자가 되기에 적합한 정신을 가졌는가가 고려되고 있다는 게 정설이야."

하지만 그렇다고 해서 모두가 헌터가 되는 것은 아니었다.

"난 회복계 스펠들 몇 개가 주력이었고, 전투에 적합한 스펠은 별로 없었어. 전투 수행 중에 실시간으로 팀원들을 원격 치료 하는 수준도 못 되었고."

우희가 말하는 조건을 충족시키는 자, 즉 전장에서 다른 헌터들과 함께 전투를 수행할 수 있는 '배틀 힐러'는 극히 드물었다.

지금은 6세대 각성자가 나오고 7세대 각성자 후보들이 각성자 튜토리얼로 소환된 시점인데도 그렇다.

"그래서 난 헌터 업계로 안 가고 병원에 취직했어. 힐러는 어딜 가도 대우받는 직업이거든."

헌터로 일하던 각성자 중에 치료계 스펠을 지닌 이들도 은퇴한 후에 병원이나 헌터 팀의 의료반에 고용되어 힐러로 일하고는 했다.

힐러의 치료계 스펠과 현대 의학이 결합되면 의학적으로는 도저히 불가능한 상태마저도 회복시킬 수 있었고, 죽어야 정상인 환자도 멀쩡하게 살려낼 수 있었다.

"그래서 난 돈은 잘 버는 편이니까 오빠는 옷 사는 정도로 걱정 안 해도 돼. 15년 만에 돌아와서 많이 혼란스러울 텐데, 바로 뭘 해야 한다고 생각하지 말고 당분간은 그냥 놀아. 놀면서 그동안 세상이 어떻게 달라졌는지 공부도 하고, 앞으로 뭘 할지 생각도 해보고 그래. 돈 필요하면 말하고."

"정말이지……."

자신감에 넘치는 우희의 태도가 용우는 눈부셨다.

"내가 아르바이트할 때마다 바로 용돈 좀 달라고 달라붙던 내 여동생은 어디 갔는지 모르겠군."

"왜? 싫어?"

"아니, 너무 멋져서 잘못하다가는 반해 버리겠다. 조심해야겠는데?"

용우가 장난스럽게 고개를 절레절레 저었다.

"그런데 오빠, 아까 하려던 이야기 말인데……."

"아, 내 외모 말이지?"

"응."

"이건 그러니까… 음."

용우는 잠시 생각을 정리하고는 설명해 주었다.

자신이 어비스로 끌려가서 3년을 보냈으며, 마지막 순간 스스로를 봉인해서 시간이 흘렀다는 실감 없이 12년이 지나 버렸다는 것을.

"…잠깐. 그럼 오빠는, 스스로 주장하기로는 스물여섯 살이네?"

"사회적으로는 서른여덟 살이고, 내 체감상으로는 스물여섯 살이지."

"지금 오빠가 나보다 어리다고 주장하려고?"

"어, 그게 그렇게 되나?"

우희의 눈꼬리가 치켜 올라가는 것을 본 용우는 괜히 움츠러들었다.

왠지 그녀가 화가 났다고 느꼈는데, 그 직감은 빗나가지 않았다.

"그럴 거면 이제부터 누나라고 불러."

"뭐, 뭐?"

"연하라고 주장할 거면 누나라고 부르라고. 내가 스물아홉 살이고 오빠가 스물여섯 살이면 이상하잖아? 내가 용우야~ 하고 부르고 오빠는 나를 누나라고 불러야 맞지."

"……."

"흥."

코웃음을 치는 우희를 보며 용우는 찔끔했다.

왜 저렇게 뾰로통해진 걸까? 역시 내년이면 서른 되는 사람한테 나이는 민감한 문제인가?

어비스에 있는 동안에는 도통 신경 쓸 일이 없던 문제다 보니 잘 감을 못 잡겠다.

"그냥 내 체감상 그렇다는 거고, 사회적으로야 서른여덟 살이지, 뭐. 설마 내가 어디 가서 스물여섯 살이라고 말하고 다니겠어? 주민등록증 나오면 거기도 생년월일이 떡하니 박혀 있을 텐데."

"그렇지?"

"당연하지.

"그럼 됐어."

우희는 묘하게 만족한 미소로 고개를 끄덕거렸다.

그 표정을 본 용우는 자신이 정답을 골랐다는 사실을 깨닫고 안도의 한숨을 내쉬었다.

'괴물 심리 읽는 것보다 더 힘드네.'

어비스에서 괴물의 심리를 파악하던 것보다 여동생 마음을 파악하는 게 더 어려운 기분이다.

'하긴 얘는 중학생 때도 갑자기 토라지면 왜 그랬는지 알기가 어려웠지. 이제 좀 내 여동생 같군.'

우희가 용우를 대하기가 혼란스럽듯 용우 역시 우희를 대하기가 혼란스러웠다.

이 사람이 나의 혈육이다.

부모님이 세상을 떴으니, 이제는 유일하게 남은 가족이다.

그 사실을 머리로는 알지만 눈앞에 닥친 현실은 너무나 받아들이기 버거운 것이다.

그래서 만난 후로 지금까지 두 사람은 어설픈 상황극을 하고 있는 것이나 다름없었다.

문득 우희가 말했다.

"오빠."

"응?"

"배고프지? 저녁 먹으러 가자."

"방금 들어왔는데?"

"어차피 짐은 가져다 둬야 했잖아. 그리고 나 피곤해서 밥하기 귀찮아. 이 근처에 한정식 맛있게 하는 집 있으니까 가자. 그동안 한식 못 먹어봤을 거 아냐."

용우는 그저 고개를 끄덕이는 수밖에 없었다.

*　　　　*　　　　*

다음 날은 바빴다.

어제는 헌터 관리부의 요청으로 조퇴를 했을 뿐이고 병원에서 힐러로 일하는 우희는 바쁜 몸이었다.

그래도 그녀는 반차를 내고 용우를 행정 복지 센터로 데려가서 주민등록증을 재발급받고, 휴대폰도 새로 개통해 주었다.

"헌터 관리부에서 신경을 좀 써줬네."

용우는 공식적으로 실종 상태였다. 원래대로라면 본인임을 확인하고 주민등록증을 재발급받는 데 꽤 귀찮은 절차가 기다리고 있었을 것이다.

하지만 그런 절차를 각오하고 갔더니만 헌터 관리부의 지시가 내려와 있어서 쉽게 주민등록증을 발급받을 수 있었다.

'그 여자, 일할 줄 아는군.'

용우는 김은혜를 떠올리며 웃었다. 분명 그녀의 수완이리라.

"그럼 난 출근할게. 노트북은 따로 세팅해 줄 필요 없지?"

"어, 아마 그렇겠지?"

"왜 아마 그렇겠지, 야?"

"너한테나 구형이지 나한테는 미래에서 온 노트북이잖아. 3년 동안이나 IT 기기하고는 먼 삶을 살다 보니 좀……."

"요즘 건 더 쉬워. 금방 익숙해질걸. 노트북이랑 폰 좀 만지다 보면 아마 내가 퇴근해서 올 거야."

"설마 그럴 리가……."

우희는 그런 용우에게 코웃음을 치고는 출근했고, 용우는 아무도 없는 집에 혼자 남았다.

'조용하네.'

평일 낮이라 그런가, 조용하다.

용우는 그 적막함이 어색해서 여동생이 내준 노트북을 펼쳐 들었다.

2025년에 나왔다는 구형 15인치 노트북은 놀랄 정도로 가볍고 화면이 좋은 데다 배터리까지 하루 종일 유지되었다.

'이건 뭐, 거의 꿈의 노트북인데?'

2012년 당시하고는 OS의 버전이 많이 달라져서 낯설었지만, 기본적인 사용법은 비슷해서 1시간쯤 잡고 끙끙거리다 보니 좀 익숙해질 수 있었다.

"음……."

용우는 인터넷을 돌아다니면서 자신이 실종된 후의 일들을 조사해 보았다.

우희의 말대로 인터넷에 워낙 정보가 많아서 조사하기는 어렵지 않았다.

그리고 그가 알게 된 세계 정세는 실로 충격적이었다.

—북한 멸망.

—대한민국은 강원도, 제주도 초토화. 경기도 파주 북부 지역 일부가 피해. 현재 한국 정부는 구 북한 영토 일부… 2할에 해당하는 지역을 병합함.

—중국은 퍼스트 카타스트로피로 베이징이 초토화. 이후 정치적, 군사적 혼란을 겪으면서 7개국으로 분열.

—일본은 도쿄가 초토화되고 오사카로 수도 이전.

—영국 멸망…….

이밖에도 수많은 변화가 있었다.

한국도 퍼스트 카타스트로피 때 막대한 피해를 입은 것은 마찬가지다. 하지만 세계적으로 보면 비교적 피해가 적은 편에 속했다.

"끔찍한 시기였군……."

퍼스트 카타스트로피 때 인류가 입은 피해는 극심했다.

1세대 각성자들이 나타나기 전까지는 전 인류가 속수무책으로 당할 수밖에 없었고, 그들이 나타난 후에도 사태가 극적으로 나아지지는 않았다.

왜냐하면 1세대 각성자들은 전 세계를 통틀어 1,700여 명밖에 안 되었기 때문이다.

당시에는 각성자 전용 장비도 개발되지 않았을 때였고, 다른 조건도 열악해서 그들만으로는 상황을 뒤집을 수가 없었다.

그렇기에 인류의 진정한 반격이 시작된 것은 2세대 각성자들이 발생한 후부터였다.

1세대 각성자들의 적극적인 정보 공유 덕분에 2세대 각성자들의 수는 5천 명이나 되었다.

또한 이때는 각성자용 장비들이 개발되었고, 그들의 능력을 극대화하는 방법의 연구와 몬스터를 상대하기 위한 전술 연구도 시작되어서 인류는 몬스터들에게 적극적으로 맞설 수 있었다.

하지만 퍼스트 카타스트로피 이후 3년간은 인류에게 정말 힘든 시기였고, 그때의 상흔은 아직까지도 치료되지 않고 남아 있었다.

'강원도, 제주도는 완전히 사람이 못 살게 됐나…….'

지금까지 한반도에는 4개 지역에 전술핵이 투하되었다.

평양에 2발이 떨어졌다.

강원도에 1발이 떨어졌다.

그리고 제주도에 1발이 떨어지고…….

개성에 1발이 떨어지면서 파주와 김포 지역 일부에까지 피해가 미쳤다.

'DMZ고 뭐고 다 날아갔겠네.'

자신이 알던 세계가 어떤 식으로 파괴되고 생소한 세계가 나타났는지를 알면 알수록 가슴 속에서 어떤 감정이 끓어올랐다.

파지직…….

갑자기 노트북 화면에 노이즈가 끼였다.

"이런."

용우는 왜 그런 현상이 일어났는지 깨닫고 쓴웃음을 지었다.

"나는 여기서는 화도 마음대로 못 내는 신세인가?"

자신의 분노에 호응하여 일어난 마력 파동이 노트북에 오작동을 일으켰던 것이다.

다운된 노트북을 리부팅시킨 용우는 눈을 감고 심호흡을 하며 감정을 다스렸다.

'내가 알던 세계는 없다.'

그가 그리워하던 세계는 모두 파괴되고 재구축되었다.

용우는 새삼 그 사실을 실감하고 슬퍼했다.

그리고…….

'모두가 나를 어비스에 처박은 놈들 때문이겠지.'

가슴속에서 용암 같은 분노가 꿈틀거리기 시작했다.

Chapter3

안 되면 힐러 해라

1

다음 날, 김은혜가 용우를 찾아왔다.

그녀는 용우를 보자마자 깜짝 놀란 표정을 지었다.

"왜?"

"아, 아니… 너무 달라지셔서요."

그저께까지만 해도 노숙자보다도 심각한 몰골이었던 용우가 지금은 말끔한 모습으로 둔갑했으니 그럴 만도 했다.

"그 말이 사실이었다는 걸 이제야 믿겠네요."

"무슨 말?"

"3년밖에 안 지난 줄 알았다는 말."

그 말에 용우가 피식 웃었다. 이미 여동생을 통해서 실감한 사실이었으니까.

"어제는 잘 쉬셨어요? 하루 정도는 그냥 쉬시라고 연락 안 했는데."

"시말서 쓰느라 바빴던 건 아니고?"

"아, 그거… 정말 바빴죠. 저어어엉말로!"

김은혜가 용우를 째려봤지만, 물론 용우는 눈썹도 까딱하지 않았다.

"그래서 오늘은 무슨 볼일이지?"

"세상 공부는 좀 했어요?"

"대충은. 이제는 북한이 없어졌고 중국이 일곱 개로 쪼개졌다는 것 정도는 알지."

"그럼 각성자는 정부에 등록하지 않으면 불법이라는 것도 아시겠군요."

"그러고 보니 나보고 미등록 각성자라 그랬지. 등록 절차 밟으라 이거군."

"네. 귀찮은 서류 과정은 다 제 쪽에서 처리해 뒀지만 마력 패턴 등록하고 등록증을 수령하는 건 본인이 직접 해야 하거든요."

"마력 패턴 등록?"

"지문을 등록하는 것 같은 거에요. 각성자들은 개인마다 고유한 마력 패턴을 가졌거든요."

"스펠로 범죄를 저지르는 경우를 대비하는 건가?"

"그것도 있고, 헌터의 경우는 전투 시에 개개인을 구분하는 게 굉장히 중요하니까요."

"그렇군."

용우는 고개를 끄덕이면서 생각했다.

'지구의 각성자들은 마력 패턴을 바꿀 수 없다는 뜻이군. 하긴 우리도 후기에나 터득한 능력이니.'

이제는 용우도 '각성자'라는 호칭을 자연스럽게 쓰게 되었다.

그가 '우리'라고 칭한 것은 어비스로 납치되어 각성자가 되었던 24만 명이었다.

"그리고 당분간 정보 관리에 신경을 써줬으면 해요."

"정보 관리라면 어떤?"

"사람들이 당신이 0세대 각성자라고 특정 지을 만한 단서를 흘리고 다니지 말아달라는 거죠."

"일부러 내가 0세대 각성자라고 떠들고 다니지야 않겠지만… 이미 늦지 않았나?"

용우가 눈살을 찌푸렸다.

행정 복지 센터에 가서 주민등록증을 발급받은 시점에서, 그 일을 처리해 준 직원은 충분히 짐작할 것 아닌가?

"걱정 마세요. 그쪽은 우리 쪽에서 비밀 엄수 서약을 받은 직원이 당신을 담당하게 했었으니까요."

"일 처리가 철두철미한데?"

"그리고 여동생분에게는 첫날에 당부해 뒀어요. 직장에도 이야기하지 않았을 거고, 다른 데서도 딱히 당신에 대해서 사실대로 말하지는 않았을걸요."

생각해 보니 그랬다. 단골 미용실에서도 우희는 용우가 15년

만에 돌아온 오빠라고 말하지는 않았던 것이다.

"그랬었군. 그 외에는?"

"각성자 연구원에서 당신에게 연구 협력을 부탁해 왔어요."

"뭘 협력해 달라는 거지?"

"여러 가지죠. 그 어비스라는 세계에서 무슨 일을 겪었는가를 듣는 것부터 시작해서 당신의 각성자로서의 특성이나 스펠에 대한 것을 연구실에서……."

"거절하지."

"…칼 같군요?"

"난 연구용 모르모트가 될 생각은 추호도 없어."

"인류를 위하는 일이 될 텐데요."

"설마 지금 그 말이 설득력이 있다고 생각하나? 만날 때마다 당신이 더 멍청해 보이는군."

시큰둥한 용우의 말에 김은혜는 울컥했지만 반박할 수가 없었다.

애국심이 넘쳐서 자신이 한 이야기를 진지하게 믿고 있는 사람이라면 모를까, 그녀는 그런 성품과는 거리가 멀었기 때문이다.

잠시 어색한 침묵이 흘러가고, 용우가 말했다.

"다만 전자는 고려해 보지."

"전자라면… 어비스라는 세계의 이야기요?"

"그래. 내가 지정한 장소에서 그에 대한 질답을 나누는 것을 받아들이지."

"그럼 그런 걸로 전달을……."

"대가는 1시간에 1억 원."

"뭐라고요?"

김은혜가 어처구니가 없어서 입을 벌렸다.

용우는 고개를 갸웃하더니 말했다.

"아, 역시 너무 저렴한가? 시간당 2억 원으로 하지. 혹시 향후에 기업 쪽이랑 연결해 줄 생각이라면 그쪽은 5억 원부터 시작하는 걸로 정해두고."

"아니, 지금 그게 말이 된다고 생각하는 거예요? 농담하는 거죠?"

"왜 농담이라고 생각하지?"

기가 막혀서 뭐라고 하려던 김은혜는 순간 말문이 막혀 버렸다.

자신을 바라보는 용우의 표정에서 그가 진심임을 알았기 때문이다.

"…진짜로 그만한 돈을 받겠다고요?"

"인류를 위한 일이라면서?"

"광범위하게 보면 그렇게 되겠죠."

"내가 범인류적인 공헌을 하는데, 그 시간의 가치가 그 정도도 안 된다면 웃기는 일 아닌가? 스포츠 스타들도 경기 한 번 뛰면 그거보다 많이 받을 텐데?"

"……."

"그리고 정치인들이 대기업 고문역을 하거나 낙하산으로 취직해서 얼마나 받아 처먹는지 생각하면 너무 저렴한 대가가 아닌가 싶은데."

"아무리 그래도 그건 무리일걸요."

"무리라고 생각하면 돈을 안 낼 거고, 그러면 나는 일을 안 해줄 뿐이지."

용우는 단호하게 선을 그었다.

김은혜가 물었다.

"돈이 아쉽진 않아요?"

"아쉽지."

힐러로 일하는 우희가 돈을 잘 번다고는 하지만 계속 그녀에게 빌붙어서 살 수는 없는 노릇 아닌가?

"하지만 돈은 헌터가 되어서 벌면 될 것 같더군. 각성자가 헌터가 되는 것은 자연스러운 일이고, 헌터는 꽤 돈을 잘 버는 직업이던데."

용우가 헌터에 대해서 조사해 보고 가장 놀란 점은 그들의 수익 구조였다.

북한이 멸망한 지금, 대한민국 군대는 징병제를 폐지하고 모병제로 전환했다.

그 과정에서 많은 일들이 있었지만 2027년 현재 한국군이 모병제로 유지되고 있으며, 그 인원 규모가 징병제였던 당시의 10% 미만으로 축소된 것만은 분명한 사실이었다.

이미 징병제로 대규모 군대를 유지해야 했던 가장 큰 이유인 북한은 사라졌다.

또한 퍼스트 카타스트로피 이후 도시집약적인 체제가 구축되면서, 인적 없는 곳에 숨듯이 위치해 있던 군부대는 모두 사라졌다.

더 이상 한국군이 상대해야 할 적은 인간이 아니기 때문이다.

그리고 몬스터를 상대로 한 전투는 거의 대부분 헌터 기업들이 수행한다.

군부대에도 각성자로 이루어진 대(對)몬스터 부대가 존재하긴 하지만 그들의 수는 그리 많지 않다.

현재 군대의 역할은 거의 재해 지역의 감시 및 확장 방어, 그리고 헌터 기업과의 협력에 집중되어 있었다.

정부의 인가를 받고 운영되는 헌터 기업들은, 정부의 요청에 따라서 게이트를 제압함으로써 수익을 얻는다.

정부는 헌터 기업들에게 전투 의뢰 비용을 지불하며, 헌터 기업들은 게이트에서 몬스터를 처치하면서 얻은 부산물들을 이용해서 추가 수익을 얻는다.

이 중에서 가장 돈이 되는 것은 역시 마력석이었다.

마력석이야말로 현재 인류 문명을 지탱하는 주요 자원이라고 해도 과언이 아니다.

10년 전, 각성자 연구 과정에서 마력석을 촉매로 써서 손쉽고 안정적으로 상온 핵융합을 일으킬 수 있는 기술이 개발되었다.

과학자들 사이에서도 공상의 산물로 치부되던 꿈의 에너지 기술이 갑자기 실현되어 버린 것이다.

기존 원자력 발전과는 비교도 안 될 정도로 위험성이 적고, 오염 물질 걱정도 없는 친환경적 에너지이며, 그러면서도 막대한 전력 생산량을 자랑한다.

이 기술은 궁지에 몰렸던 인류 문명의 구원자나 다름없었다.

퍼스트 카타스트로피 이후 세상 곳곳을 점거한 몬스터들 때문에 에너지 자원의 채굴량이 급감했기 때문이다.

당시에는 대체 에너지 개발이 인류의 사활을 건 문제였다. 마력석을 이용한 상온 핵융합 기술이 개발되지 않았다면 세상은 지금보다 훨씬 피폐한 모습이었을 것이다.

어쨌든 그런 마력석 발전소가 세계 곳곳에 건설되면서 인류의 에너지 문제는 큰 전환 국면을 맞이하게 되었다.

물가가 전체적으로 많이 올랐음에도 전기 요금은 용우가 실종되었던 2012년 대비 10% 미만이라 서민 가정에서도 여름철에 에어컨을 펑펑 틀어대는 것을 부담스럽지 않게 여기는 시대였다.

그리고 이 모든 것은 헌터들이 몬스터로부터 마력석을 얻을 수 있기 때문에 성립한다.

"오늘자 시세로 마력석이 그램당 84만 원이더군."

용우의 기억으로는 2012년 당시 플루토늄의 추정가가 그램당 40만 원 정도였을 것이다. 마력석의 거래가는 그 2배를 넘는 것이다.

참고로 용우가 게이트 브레이크 때 사냥으로 먹은 마력석이

10그램 정도는 되었을 것 같았다.

'영양 보충 하겠다고 840만 원어치를 처먹었다니.'

그 사실을 알게 되자 오한이 몰려왔을 정도였다.

'하지만 앞으로는 더 많이 처먹어야지.'

마력 기관을 완전히 회복하기 위해서는 장기간에 걸쳐서 최소한 수십억 단위를 처먹어야 할 것이다.

그리고 용우는 그런 투자를 마다할 생각이 없었다.

김은혜가 말했다.

"대신 목숨을 거는 일이죠. 본질적으로는 목숨 걸고 전투에 뛰어들어서 돈을 버는 용병이나 다름없어요."

"그 점은 잘 알지. 하지만 목숨 걸고 싸우는 것이 의미와 이익 양쪽을 창출한다니 너무나 부러운 일이지 않나?"

"네?"

김은혜가 무슨 소리냐는 듯 물었지만 용우는 쓴웃음을 지을 뿐 설명하지 않았다.

하지만 그의 입장에서는 당연한 말이었다.

왜냐하면 어비스에서 강요당한 싸움에는 그런 인간적인 의미가 없었으니까.

그곳에서 용우는 그저 살아남기 위해 강요당한 싸움을 했을 뿐이다.

싸워 이기면 더 큰 힘을 얻을 수 있었지만, 그것조차도 살아남기 위한 자원일 뿐 다른 가치를 창출해 내지 못했다.

'그렇게 보면 이 엿 같은 세상도 멋져 보이는군.'

하지만 본질적으로 쓰레기통 같은 세상이다.

만약 그가 그리워하던 지구 그 자체였다면, 용우는 굳이 약해진 각성자로서의 힘을 회복하는 것에 집착하지 않았을지도 모른다.

그 세상은 바로 그가 꿈꾸던 평화롭고 인간적인 삶을 보장했을 테니까.

하지만 돌아온 세상은 전장이었다.

그가 그리워하던 것은 모두 파괴되었고, 그가 지옥을 전전하며 쌓아올린 힘은 이 세상에서도 의미를 가진다.

그렇다면 기꺼이 그 힘으로 가슴속에서 끓어오르는 분노를 해소할 수밖에 없지 않겠는가?

2

각성자 등록증 발급 과정은 빠르게 끝났다.

별 감흥 없이 등록증을 받은 용우가 김은혜에게 물었다.

"헌터 라이센스를 발급해 줄 수 있나?"

각성자 등록은 각성자라면 누구나 거쳐야 하는 과정이다.

그러나 헌터 라이센스는 이야기가 다르다.

개인에게 국가 영토에서의 전투 활동을 허락해 주는 자격증이기에 발급 조건이 까다로웠다.

초창기에는 헌터가 되고자 하는 각성자라면 누구나 쉽게 라이센스를 딸 수 있었지만, 시간이 흐르면서 체계가 잡혀서 이제는 까다로운 시험을 통과해야 했다.

"이번 분기 시험은 끝났고, 다음 분기 시험은 2개월 후로 앞당겨서 실시될 예정이에요."

지금은 7세대 각성자 후보들이 각성자 튜토리얼로 소환된 지 2주일이 지난 시점이었다.

대략 2주 후면 살아남은 자들이 각성자가 되어서 귀환할 터.

그들이 돌아와서 적응을 마칠 때쯤 바로 헌터 라이센스 시험에 도전할 수 있도록 배려한 것이다.

"그런 의미로 한 말이 아니라는 건 알아들었을 텐데?"

"알아듣긴 했지만 그게 쉬운 일은 아니라서요. 초창기라면 모를까 지금은 법적인 문제가 빡빡해요."

"편법적으로 발행하는 게 불가능하다?"

"그렇죠."

"알았어. 그럼 그때까지 놀고먹기는 싫으니 힐러 라이센스를 취득하고 어디 병원에 취직이라도 해야겠군."

"네?"

김은혜가 깜짝 놀랐다.

갑자기 이게 무슨 소리인가?

"왜?"

"힐러셨어요?"

"힐러로 불릴 만한 스펠을 가졌냐는 의미냐면, 맞아. 동생이 그러는데 힐러는 헌터와 달리 라이센스 발급이 간편하다더군. 부탁해도 되겠나? 취직처야 내가 돌아다니면서 알아보면 되고…….”

"아니, 아니, 잠깐만요."

김은혜가 당황해서 그를 제지했다.

"우리가 CCTV로 확인한 바로는 당신의 보유 스펠이 최소 10개 이상이고 그중에서 3개는 미확인 스펠로 추정되는데…….”

"나를 스토킹해서 분석했다는 소리를 아주 당당하게 하시는군?"

"당신이 불법 전투 했을 때랑 헌터 관리부에서 난동 피웠을 때 자료만 갖고 분석한 결과거든요?"

"아, 배틀 필드. 거기에 CCTV가 있었나? 그래서 내가 몬스터를 해치우는 장면이 포착된 거고?"

용우는 그제야 왜 자신의 은신이 간파당했는지 알고 실소했다.

그의 모습은 안 보인다 해도 몬스터가 죽어나가는 모습이 CCTV에 기록되었으니 들킬 수밖에.

"그래서?"

"하여튼 은신에, 신체 능력 강화 말고도 근접 전투 스펠을 잔뜩 보여주고서는… 힐러라고요?"

"치료 스펠도 가졌다고 했을 뿐인데."

"그러니까 그게 말이 안 되는 부분이라고요! 스펠 트리는 어디다 갖다버리고 스펠을 그렇게 얻은 거예요?"

그 말에 용우가 눈을 껌뻑거리더니 물었다.

"스펠 트리가 뭔데? 게임 스킬 트리랑 비슷한 뜻이라는 건 짐작이 가는데……."

"……."

"난 그 각성자 튜토리얼이라는 게 뭐 하는 건지도 아직 잘 몰라. 알아야 할 게 워낙 많아서 그건 아직 조사 못 해봤어."

그 말에 김은혜가 이마를 감싸 쥐었다.

"아, 진짜 말도 안 돼. 0세대 각성자는 대체 뭐가 어떻게 되어 있는 거야?"

"그래서 스펠 트리라는 게 뭔데?"

"저 생각 좀 하게 놔두고 그냥 폰으로 검색해 봐요. 인터넷에 널려 있는 정보라고요."

김은혜가 눈을 부라리자 용우는 어깨를 으쓱하고는 폰을 들어서 검색을 해보았다.

'이거 아주 웃기네. 각성자 튜토리얼이라더니… 정말 게임 튜토리얼처럼 친절하게 각성자를 만드는 구조인 건가?'

물론 그 과정에서 사람이 죽어나가니 '친절하다'고 말하는 것은 무리긴 하지만.

스펠 트리라는 것은 각성자 튜토리얼에서 추천하는 스펠 획득 순서였다.

맨 처음 소환되자마자 각자의 적성에 따라서 기본 스펠 하나를 부여받게 되고, 그 후로는 매 관문을 통과할 때마다 얻는 포인트를 투자해서 새로운 스펠을 얻는다.

이 과정에서 자신이 이미 가진 스펠과 같은 계통으로 분류

된 스펠은 더 적은 포인트로 획득할 수 있기에, 각성자 튜토리얼을 마치고 돌아온 각성자들은 개인별로 익힌 스펠들의 성향이 특화될 수밖에 없는 것이다.

"어비스에는 스펠 트리 따위는 없었어. 스펠도 이런 식으로 얻지 않았고."

"그럼 어떻게 얻었는데요?"

"그 정보는 유료입니다, 고객님."

"……."

"진심이다. 시간당 2억 원이라고 했잖아? 알고 싶으면 과금하시던가."

코웃음을 친 용우가 말했다.

"뭐, 하여간 힐러 라이센스 따고 싶은데 내일까지 준비해 줄 수 있나?"

"아니, 잠깐만요. 서용우 씨, 당신 혹시… 그 힐러 스펠이 배틀 힐러 수준이에요?"

"배틀 힐러 조건이 원거리에서 대상에게 적용 가능하냐 하면 가능하고, 한창 역동적으로 움직이는 대상도 치료할 수 있고, 그리고 나 자신이 전투 수행이 가능하냐였나? 또 있나?"

"그 3가지만 충족시키면 돼요."

"그럼 배틀 힐러 맞아."

"……."

김은혜가 입을 쩌억 벌렸다.

배틀 힐러라니!

6세대 각성자들이 활약 중인 현재, 현역으로 활동 중인 배틀 힐러는 전 세계를 통틀어 12명뿐이었고 한국에는 1명밖에 없었다.

"맙소사. 헌터 라이센스 따세요. 내일까지… 는 안 되겠고, 3일 내로 준비하고 연락할게요."

"시험은 2개월 후라더니?"

"편법이 없지는 않아요. 그리고 그 편법 중에 제일 쉬운 길이 배틀 힐러예요. 정보가 공개되면 대기업들이 앞다퉈서 당신을 데려가려고 할걸요. 연봉을 아무리 적게 잡아도 40억은 넘을 거고요."

"40억이라……."

용우가 눈을 크게 떴다.

그의 금전 감각은 2012년 당시에 머물러 있었다. 어비스의 이야기를 들려주는 데 시간당 2억을 받겠다는 소리를 하기는 했지만 그건 그 금액이 갖는 진짜 의미를 실감하고 한 소리는 아니다.

"어쨌든 편법이 존재했다니 잘됐군. 일단 집으로 가자고."

"타세요."

김은혜는 용우를 집으로 데려다주고 다시 헌터 관리부로 복귀했다.

그리고 그녀의 보고를 받은 헌터 관리부 상층부에서 한차례 소란이 일었지만, 용우는 알 수 없는 이야기였다.

*　　*　　*

퇴근해서 집에 돌아온 우희는 용우의 이야기를 듣고 놀람을 금치 못했다.

"오빠가 배틀 힐러? 정말?"

"그게 헌터가 되기 쉽다고 하니 그걸로 가야지."

아무래도 치료와 서포트는 용우의 진짜 특기 분야가 아니다.

하지만 그동안 입수한 정보들로 미루어 보건대 그 정도만으로도 명성을 떨치기에는 충분할 듯했다.

"세상에. 배틀 힐러라니……."

"별거 아냐."

용우는 무덤덤했다.

배틀 힐러의 기준을 생각하면, 용우가 경험한 어비스 후반기에는 전투에 참가하는 거의 모든 인원들이 배틀 힐러였다고 할 수 있다. 각자 특기 분야가 있기는 했지만 보유한 스펠로만 보면 올라운더가 아닌 이가 없었던 것이다.

"아, 우희 너도 배틀 힐러로 만들어줄까? 딱히 헌터가 되진 않더라도 배틀 힐러로 인정받을 수 있는 능력이면 병원에서도 훨씬 대우가 좋아질 거 아냐?"

"뭐? 무슨 말도 안 되는 소리를……."

용우가 황당한 농담을 한다고 생각했던 우희는, 곧 용우의 표정을 보고는 경악했다.

"…오빠, 설마 진심으로 하는 말이야?"

"당연히 진심이지."

용우는 우희의 반응을 이해할 수 없다는 듯 의아해했다.

그 표정을 본 우희는 용우가 자기가 얼마나 엄청난 폭탄 발언을 한 것인지 모른다는 사실을 알아차렸다.

"오빠가 몰라서 그러는데… 지금 오빠가 말한 건 정말 말도 안 되는 일이야. 지금 오빠는 각성자 튜토리얼을 끝내고 돌아온 사람이라도 얼마든지 추가적으로 스펠을 익힐 수 있다고 말한 거잖아?"

"음? 그게 안 돼?"

"오빠, 인터넷 검색해 보지 않았어?"

"스펠 트리라는 게 있다는 건 알아. 하지만 아직 다 알아본 건 아니야. 알아볼 게 너무 많아서……."

"어디 가서 그런 거 할 수 있다고 말하지 마. 무슨 반응이 나올지 무서우니까."

우희가 설명해 주었다.

각성자의 잠재력은 각성자 튜토리얼에서 나오는 순간 결정된다.

마력이 얼마나 크게 성장할지는 시간이 지나봐야 알지만 어떤 스펠들을 보유하는지에 대해서는 변동이 없다. 각성자들이 스펠을 터득하는 것은 오직 각성자 튜토리얼에서만 가능한 일이니까.

"그래서 각성자들이 갈수록 강해지는 거야. 각성자 튜토리얼에 대한 정보가 쌓이고, 공략법이 발전하니까 다음 세대로 갈수록 평균 성적이 올라가거든."

"이상하군……."

용우가 눈살을 찌푸렸다. 잠시 생각하던 그가 우희에게 물었다.

"그럼 지구에는 스펠 스톤이 없다는 거지?"

"스펠 스톤이 뭔데?"

"스펠이 각인된 돌 같은 거야. 그걸 통해서 자기한테 없는 스펠을 익힐 수 있지."

어비스에서는 화폐 대신 쓰였던 물건이기도 했다.

하지만 지구에는 존재하지 않았다.

"그럼 헌터들이 몬스터를 처치했을 때, 위장 같은 곳에서 스펠 스톤이 발견되는 일도 없었다는 거지?"

"내가 알기로는 그런 일은 한 번도 없었어."

"그럼 네 말대로 스펠 스톤에 대한 건 비밀로 하는 게 좋겠군."

용우는 스펠 스톤의 존재가 헌터 업계를 뒤집어놓을 수 있는 폭탄임을 알아차렸다.

지구의 각성자들이 안고 있는 한계를 생각하면, 스펠 스톤의 존재가 알려질 경우 국가 차원에서 용우를 노릴지도 모른다.

'마력 기관이 회복될 때까지는 몸을 사려야겠어. 나중에는 비싸게 팔 방법을 찾아봐도 괜찮겠군.'

문득 우희가 이상함을 느끼며 물었다.

"그런데 오빠. 오빠는 집에 왔을 때 짐이라고는 하나도 없었잖아. 혹시 어디 숨겨놓은 거야?"

"아, 그건 아공간에 있어. 지금은 내 상태가 안 좋아서 아공간을 못 여는데, 그 안에 처박아둔 스펠 스톤이 상당히 많거든."

"아공간은 또 뭐야?"

"시공의 보물고라는 스펠이 있는데……."

용우가 아공간에 대해서 설명하자 우희는 어이가 없었다.

시간의 흐름에서 격리된, 언제든지 여닫을 수 있는 창고처럼 사용되는 별개의 공간이라니?

그런 스펠이 존재한다고는 상상도 못해봤다.

우희가 진지한 표정으로 물었다.

"오빠, 대체 그동안 무슨 일을 겪은 거야?"

우희는 용우가 각성자 튜토리얼 비슷한 것에 끌려갔다가 돌아왔다고만 들었을 뿐이다.

당장 캐묻기에는 아직 용우가 오빠라는 실감도 나지 않았고, 대하기도 어색해서 그냥 넘어갔었다.

하지만 이런 이야기를 들으니 물어보지 않을 수 없었다.

"집에 있는 동안 각성자 튜토리얼이라는 것에 대해서 알아봤다."

용우가 동문서답을 하자 우희는 어리둥절해했다.

하지만 용우는 그런 기색을 무시하고 계속 말을 이었다.

"기본적으로 참가자가 직접 몸으로 뛰어서 해결해야 하는 게임 같은 형식이더군. 하지만 그 와중에 다치거나 죽을 수도 있고."

"응……. 맞아."

"내가 다녀온 곳은 그런 곳이 아니라 어비스라는 곳이야. 낮과 밤의 구분이 없고 그저 언제나 붉은 하늘이 지배하는 곳이었지."

용우는 지구로 돌아온 후 처음으로 어비스에서 겪은 일들을 털어놓기 시작했다.

어비스는 각성자 튜토리얼처럼 친절한 세계가 아니었다.

각성자들에게 지침을 내려주는 것은 마치 인공지능처럼 역할을 다할 뿐, 감정이 존재하지 않는 유령 같은 존재들이었다.

그리고 그들이 건 저주 때문에 어비스의 각성자들은 그 어떤 상황에서도 그들이 지정하는 전장으로 나아가서 전투를 치러야만 했다.

"그런 존재들이 있었으니 가이드라인이 없지는 않았지. 하지만 그들이 알려주는 정보는 대단히 제한적이었어. 우리는 그걸 단서로 삼아서 스스로 능력을 파악하고 살길을 찾아야 했고."

초창기에 어비스의 각성자들은 빠르게 죽어나갔다.

그리고 수가 줄어드는 것만큼이나, 생존자들이 강해지는 속도도 빨랐다.

"하지만 강해지면 강해지는 대로 그만큼 위험한 전투로 몰아넣었지."

싸우고, 싸우고, 또 싸웠다.

보장된 휴식 따위는 없었다. 때로는 열흘 밤낮 동안 먹지도 자지도 못하고 계속 산악을 뛰어다니며 괴물들의 맹공을 버텨내야 했다.

"어비스에는 우리 말고도 괴물들과 싸우는 존재들이 있었어. 하지만 그것들에게는 지성은 있어도 감정은 없었지."

각성자들에게 싸움을 지시하는 자들을 포함해서, 그 세계는 마치 인공지능과 무인 병기만이 남은 세상 같았다.

다만 그런 것치고는 그 무인 병기들이 발달된 문명과는 거리가 먼 방식으로 싸웠을 뿐이다.

"그곳에서 3년간을 보냈지. 주변 사람들이 하나씩 하나씩 계속 죽어가는 것을 보면서……."

인간이 거대한 파괴의 힘에 폭발해 버리는 것을 보았다.

커다란 괴물에게 삼켜지는 것을 보았다.

작은 괴물의 무리에게 뜯어 먹히며 발광하는 것을 보았다…….

"막바지까지 살아남은 이들은 나 말고도 다들 유능했어. 어떤 역할이 필요해도 해낼 수 있는 자들만이 살아남았지."

물론 그렇게 유능해진 것은 그들이 친밀해서, 서로 유기적으로 연계하기 위해서가 아니었지만.

어비스에서의 3년, 그 후반기를 생각하면 지금도 캄캄하고 역겨운 감정만이 가득하다.

저주와 괴물들만이 아니라 인간들끼리도 서로에게 품은 살의를 내려놓을 수 없었던 시간이었으니까.

'하지만 우희야, 그런 것까지 네가 알 필요는 없다.'

우희는 용우의 이야기를 듣는 동안 눈시울이 붉어져 있었다.

비록 어비스와 비교할 바는 못 된다고 하지만 그녀 역시 목숨을 걸 것을 강요당하는 경험을 하고 온 사람이다. 그 경험은 평생 떨칠 수 없는 트라우마가 되어서 그녀를 괴롭히고 있었다.

그렇기에 그녀는 용우가 들려주는 이야기 속에서 그가 겪은 고통을 상상할 수 있었다.

"오빠는… 정말……."

우희는 목이 메어서 좀처럼 말을 하지 못했다.

그런 우희를 보며 용우는 미소 지었다.

"난 괜찮다. 이렇게 살아 돌아왔잖아? 그리고 그동안 훌륭한 어른이 된 여동생도 기다리고 있었고."

아까 전까지만 해도 용우는 우희를 대하기가 어색했다.

그녀가 자신의 혈육이라는 사실을 안다. 하지만 15년의 시간 동안 변해 버린 그녀의 모습이 용우에게서 가족으로서의 실감을 앗아갔다.

그녀가 여동생이라고 머리로만 생각할 뿐, 가슴은 그 사실을 받아들이지 못했다.

하지만 이제는 아니었다.

세상에 유일하게 남은 혈육이 자신을 위해 진심으로 울어주었다. 그 사실만으로도 용우는 자신이 잃어버린 시간을 보상

받았다고 느꼈다.

"…그러니까 울지 마라."

그렇게 말하는 용우의 눈시울도 젖어 있었다.

15년 만에 재회한 남매는 서로를 끌어안고 조용히 눈물 흘렸다.

Chapter4

시험당하는 것은 누구?

1

김은혜는 사흘 만에 준비를 마치고 연락을 해왔다.

그녀가 차로 데리러 와준 덕분에 이번에도 편하게 갈 수 있었다.

가는 길에 김은혜가 물었다.

"그제랑 어제 유진병원의 마력 시술소를 이용했더군요?"

"그랬지. 거긴 이용했다는 사실이 정부에 기록으로 남는다더니만 헌터 관리부에서 열람할 권한도 있나 보군?"

"맞아요. 그런데 당신 같은 사람한테도 마력 시술이 필요한가요?"

마력 시술이란 오로지 각성자를 위한 서비스다.

각성자가 얼마나 성장할 수 있는가, 그 잠재력은 거의 각성자 튜토리얼 통과 성적으로 결정된다.

하지만 귀환 후에도 각성자는 성장할 수 있다. 마력 기관을 단련하고, 거기에 필요한 영양분을 섭취함으로써.

초창기 각성자들은 마력석을 직접 흡수했다.

하지만 이것은 효율성이 크게 떨어지는 데다가 육체에 부담을 주는 위험성도 있었다.

각성자에 대한 연구가 치열하게 진행된 지금, 각성자들은 마력 시술소에 배치된 첨단 기기를 통해서 마력 기관에 필요한 영양분을 보충한다.

연구 결과에 따르면 마력석을 직접 흡수하는 것보다 훨씬 안정적이며, 평균적으로 마력석을 직접 흡수할 때의 5배 효율이 나온다고 한다.

"그 정보는 유료입니다, 고객님."

"제가 당신 때문에 얼마나 고생하고 있는지 알아요?"

"흠, 좋아. 어비스에 대한 정보도 아니니 그 정도는 서비스 해 주지. 마력 시술소는 당연히 나한테도 효과가 있어. 당신들이 0세대 각성자라는 존재에게 어떤 환상을 가졌는지는 모르겠는데, 내가 보기에 각성자로서의 기본적인 부분은 나나 다른 각성자나 별 차이가 없어. 디테일이 다를 뿐이지."

"그렇군요."

마력석을 개인이 사들이기가 까다롭기 때문에 용우는 우희에게 부탁해서 그녀가 근무하는 유진병원의 마력 시술소를 이용해 보았다.

'여동생의 신용카드로 3천만 원을 결제하는 죄악감의 맛이란……. 인간쓰레기 소리를 들어도 할 말이 없다.'

용우는 마력 시술소의 효과에 놀라면서도 입맛이 썼다.

그래서 그는 이것이 투자라고 스스로를 설득했다. 헌터가 되고 나면 여동생에게 백배 천배로 갚아줄 것이다.

'덕분에 마력 기관 상태는 확실히 좋아졌고.'

문명의 힘이란 대단했다.

어제까지만 해도 그의 마력 기관은 한 달 동안 굶고 나서 막 물과 수프를 마셔가면서 회복하기 시작한 사람의 근육 같았다.

그에 비하면 지금은 걷는 정도의 운신이 가능한 수준까지 회복되었다.

'권장되는 기간을 지켜가면서 꾸준히 투입하면… 빠르게 회복할 수 있겠어.'

마력 시술은 사람마다 1회에 받아들일 수 있는 한계치가 달랐다.

그 한계치만큼 시술할 경우 다음 시술까지는 최소한 10일은 쉬었다 할 것을 권장한다. 시술로 투입된 마력을 마력 기관이 완전히 흡수하기까지 시간이 필요하기 때문이었다.

'뭐 일단 시공의 보물고를 열 수 있게 되었으니 문제가 반은 해결된 셈이지.'

대량의 마력석과 스펠 스톤을 언제든지 꺼내쓸 수 있다는 것만으로도 마음의 여유가 생겼다.

"그런데 어떻게 고생하고 있는데? 시말서 쓰는 거 말고?"

"상부에서는 당장 당신을 출두시켜서 연구 협력을 강요하고 싶어 해요. 왜 놔줬냐, 어떻게든 붙잡아뒀어야 할 게 아니냐고 저를 들들 볶고 그것으로도 모자라서 누명을 씌워서 다시 붙잡아 들이라는 소리까지 나왔는데… 아, 무서운 표정 짓지 말아요. 상부에서도 의견이 갈려서 기각되었으니까."

"그런 소리를 한 놈이 누군지 이름이나 말해줄래?"

"어쩌려고요?"

"나중에 기회 봐서 모가지를 꺾어버리게."

"……."

"농담이야."

전혀 농담으로 들리지 않는 살기가 느껴졌다.

"그리고 당신에 대한 정보는 기밀로 인가되었는데, 이미 대기업 수뇌부에는 정보가 흘러들어 갔더군요. 아마 조만간 연락이 올 거예요."

"대한민국의 정경유착(政經癒着)은 15년이 지났어도 안 변했나 보군. 그 문제는 당신에게 일임하지. 어쨌거나 지금까지는 일 처리가 믿음직해."

"그거 참 고맙군요."

그녀는 하나도 고마워하지 않는 표정으로 말했다.

* * *

용우의 시험은 헌터 관리부의 트레이닝 센터에서 이루어졌다.

"왜 트레이닝 센터지?"

"단순한 힐러가 아니라 배틀 힐러의 자질을 확인하는 시험이니까요. 힐러용 시험 자재까지 이송해 뒀어요. 그리고 오늘 시험관으로 참가하는 인원 중에 거물이 있는데……."

"제 소개는 제가 해도 될까요, 김은혜 팀장님?"

복도 모퉁이를 돌아 나오며 끼어든 것은 동안의 남자였다.

언뜻 보면 10대 소년으로도 보일 정도였는데 그것은 체구가 작아서이기도 했다. 키가 178센티미터인 용우와 비교해 볼 때 160센티미터를 겨우 넘는 정도인 것 같았다.

빙긋 웃고 있는 얼굴은 온후하고 친근감을 주는 미형이었다. 그가 차분한 목소리로 스스로를 소개하며 악수를 청했다.

"팀 크로노스의 지윤호예요."

"서용우입니다. 명성은 들었습니다."

용우는 그의 악수에 응하며 말했다.

지윤호.

4세대 각성자이며, 국내 헌터 업계 1, 2위를 다투는 톱클래스의 팀 크로노스에 소속된 헌터.

지구로 돌아온 지 며칠 지나지도 않은 용우가 그의 이름을 아는 것은 그가 국내 유일의 배틀 힐러이기 때문이었다.

"우리나라에 제2의 배틀 힐러가 나올 수도 있다는 말에 흥분되어서요. 다른 일정을 다 취소하고 찾아왔습니다."

4세대 각성자인 그는 이미 6년째 헌터로 활동하면서 명성을 쌓아왔으며, 그 명성은 국내에 그치지 않는다. UN의 요청을 받아서 몇 번의 해외 파견을 나가서 최고의 헌터들과 함께 재앙을 수습했기 때문이다.

"김은혜 팀장님, 시험 치르는데 왜 이렇게 대단하신 분이 게스트로 와 있는 건가요? 혹시 다른 게스트도 있습니까?"

다른 사람이 앞에 있었기에 용우는 김은혜에게 존대를 해주었다.

하지만 질문을 던지는 용우의 눈빛에는 가시가 돋쳐 있어서 김은혜가 식은땀을 흘렸다.

"그, 글쎄요. 지윤호 씨에 대해서는 막 설명드리려던 참이었는데……."

지윤호가 말했다.

"사전에 이야기를 듣지 못하셨나 보군요. 저 말고도 몇몇 팀에서 와 있어요. 다들 시험에 협력해 준다는 조건으로……."

"……."

용우가 김은혜를 째려보자 그녀가 딴청을 피웠다.

지윤호가 재미있다는 듯 쿡쿡 웃더니 말했다.

"사실 게스트들은 전원이 정보가 빠르신 분들이랍니다. 물론 제2의 배틀 힐러라는 사실만으로도 바쁜 일정 쪼개서 오기에 충분한 이유였겠지만, 그것만은 아니죠."

"무슨 뜻입니까?"

"7세대 각성자들은 아직 귀환하지 않았지요. 그런데 6세대까지의 각성자 명단에 포함되지 않은 사람이 배틀 힐러의 자격을 시험받는다……. 상상력을 자극하는 일 아닌가요?"

지윤호의 말에 용우가 눈살을 찌푸렸다.

그리고 한숨을 푹 쉬더니 가식을 벗어던진 태도로 말했다.

"난 뻔한 사실을 그런 식으로 돌려 말하는 화법, 별로 안 좋아하는데."

"그런가요? 사과드리지요, 0세대 각성자 선배님."

"팀장."

용우는 지윤호의 말에 대꾸하는 대신 김은혜를 보며 물었다.

"나에 대한 정보는 은폐한다고 하지 않았나?"

"그렇게 처리했죠."

"그런데?"

"당신이 그런 말을 했었잖아요? 정. 경. 유. 착."

"……."

"헌터 관리부의 상층부는 거의 헌터 출신이고, 이름난 헌터 팀들은 전부 대기업의 자회사이거나 대기업이 지분을 가진 회사예요. 이해하기 쉽죠?"

"그렇군. 알겠다. 일개 팀장인 당신을 타박할 일은 아니로군."

실소한 용우가 말했다.

"뭐, 좋아. 어차피 헌터로 일할 거였고, 언젠가는 알려질 일이었을 테니."

"쿨하시네요."

"그럼 잘 부탁하지, 젊고 팔팔한 4세대 후배님."

용우의 말에 지윤호가 한 방 먹었다는 표정을 지었다.

하지만 그것도 잠시, 미소를 지으며 용우와 함께 시험장을 향해 걸었다.

"오늘 시험, 좀 빡빡할지도 몰라요. 다들 흥미가 넘치거든요."

"나한테만 특별히 불공정한 시험이 될 거라는 소리인가?"

"채점 기준은 그렇지 않을 텐데, 시험 내용은 힘들어질 수도 있다는 소리죠."

"어떻게 돌아가는 이야기인지 대충 알겠네. 헌터 관리부하고 작당을 했군?"

용우가 코웃음을 치자 지윤호가 눈을 크게 떴다.

"눈치가 빠르시네요?"

"나를 가둬놓고 모르모트로 삼겠다는 발상을 한 놈들이니까. 그런데 내가 연구 협력도 거부했으니 앙심을 품었겠지."

물론 그것만은 아닐 것이다.

경위야 어찌 되었든 용우가 헌터 관리부에서 난동을 부린 것은 그들의 권위를 상처 입힌 짓이고, 권력자들은 권위에 목을 매게 마련이니까.

"그래서 0세대 각성자의 떡밥을 이용해서 업계의 거물들을 모아놓고 내 버르장머리를 고쳐줄 겸 연구 협력이나 다름없는 시간을 보내게 만들겠다, 뭐 그런 거 아닌가?"

그렇게 말하면서 김은혜를 한번 노려보자, 그녀가 한숨을 푹 쉬었다.

"잠깐 둘이서 이야기 좀 해요."

"그러지."

용우는 지용우의 대답을 듣지도 않고 김은혜와 자리를 피했다.

"오해하지 말아요. 전 시험장 들어가기 전에 설명하려고 했어요."

"……."

"진짜라니까요. 상부에서 발설하지 말라는 지시를 듣긴 했어요. 하지만 다 설명하려고 했다고요."

"좋아. 믿지."

"지윤호 씨 말고도 시험장에는 헌터 업계의 거물들이 참관인으로 와 있어요. 아마 당신 신경을 건드릴지도 모르는데… 웬만하면 참아요. 일단 라이센스는 따야죠."

"노력해 보지."

"근데 참… 눈치가 빠르시네요. 아주 정확히 짚었어요."

"악의라는 건 대부분 뻔한 거거든."

인간이 인간에게 품는 악의는 정도의 차이가 있을 뿐, 어디에서나 비슷한 모습이기 때문이다.

용우에게는 자신을 향한 악의를 알아차리고 통찰하는 능력이 있었다.

그것은 스펠화하지 않았을 뿐, 초능력이라고 밖에 할 수 없는 용우의 고유 능력이다. 그 능력이 없었다면 용우는 어비스에서 마지막까지 살아남지 못했으리라.

"그럼 가지."

용우는 김은혜와 함께 시험장 안으로 들어섰다.

2

시험장은 각성자용 체육관이었다.

즉, 일반인이 아니라 초인적인 능력을 가진 자들이, 스펠이라는 초능력까지 사용해도 버텨낼 수 있는 특수한 공간이라는 뜻이다.

"다들 공무원으로는 보이지 않는군."

시험장에서 기다리고 있던 인원은 9명.

용우는 그들 중 6명이 각성자임을 알아보았다.

"공무원 나리들은 모니터 룸에 있지. 여기서의 시험 데이터는 그쪽에 출력되니까."

그렇게 말한 것은 체격이 큰 중년 남자였다.

머리를 올백으로 넘기고 수염을 멋지게 기른, 검은 슈트가 어울리는 남자가 다가와서 인사를 건넸다.

"만나서 반갑군. 팀 블레이드의 사장 오성준이다."

팀 블레이드는 팀 크로노스와 실적 1, 2위를 다투는 국내 굴지의 강호였다.

오성준은 2세대 각성자로 지금은 반쯤 은퇴해서 팀 경영에 주력하고 있는 몸이다. 하지만 그가 헌터로 활동하며 올린 실적은 업계의 전설이었다.

"서용우입니다."

용우는 무덤덤하게 그의 손을 맞잡았다.

"음?"

그렇게 악수를 나눈 오성준의 표정이 변했다.

악수를 마치고 용우가 손을 떼자 그가 비틀거린다.

"사장님?"

그러자 활동적인 복장의 젊은 청년이 놀라서 달려왔다.

오성준이 동요를 드러내며 용우를 바라보았다.

'뭐였지?'

그는 용우와 악수를 나누면서 가벼운 수작을 부렸다.

스펠은 아니지만 마력을 다루는 기술, 접촉면으로 마력을 흘려 넣어서 대상의 마력 기관을 파악하는 '촉진(觸診)'을 펼친 것이다.

그런데 촉진을 펼치는 순간, 원하는 정보가 돌아오는 게 아니라 대신 허공에 몸을 던진 듯한 공허감이 밀려오면서 눈앞이 캄캄해졌다.

'수준이 제법이군.'

용우는 아무 일도 없었다는 듯이 그를 바라보았지만 속으로는 서늘한 미소를 짓고 있었다.

오성준은 그를 엿보지 못했다.

역으로 용우에게 자신을 샅샅이 들여다볼 기회를 제공했을 뿐이다.

'스펠로 형태화되지 않은 마력 운용 기술을 쓸 수 있다니, 거의 우리의 중반기 수준이야.'

용우는 오성준이 누군지 몰랐다.

유명세로 따지면 오성준이 지윤호보다 더 유명하다. 하지만 용우가 지윤호에 대해서 아는 것은 어디까지나 배틀 힐러에 대해서 검색해 봤기 때문이지 업계 정보를 차근차근 습득해서는 아닌 것이다.

그런 이유로 이 자리에 있는 인물 중 절반은 헌터 업계의 유명인들이었지만, 용우가 아는 얼굴은 지윤호뿐이었다.

'헌터 팀의 사장이면 한가락 하는 사람이겠지. 업계 상위권은 다 이 정도는 하나? 아니면 이 사람이 특출한가?'

용우는 흥미를 담은 눈으로 장내의 인원들을 하나하나 살펴보았다.

'그런데 이거 진짜 어이없네. 아무리 그래도 그렇지, 이거 국가기관 시험 아닌가?'

아무리 봐도 전원 민간 기업 소속인 게 분명하다.

각성자가 아닌 인원들은 가운을 입은 차림새만 봐도 연구자라는 것을 알아볼 수 있었다.

'신경 쓸 만한 사람은… 지윤호와 팀 블레이드의 사장 말고는 둘인가.'

하나는 뒤쪽에 말없이 서 있는 당당한 체격의 중년 사내로 척 봐도 범상치 않은 마력의 소유자였다.

정장에 선글라스를 쓰고 있어서 위압적으로 보이는데 용우가 들어오는 순간부터 지금까지 묘한 눈길을 보낼 뿐 한마디도 하지 않고 있었다.

또 하나는 마르고 신경질적인 인상을 주는 각성자 남자였다. 노골적으로 다른 이보다 전투적인 기세를 풍기고 있어서 신경에 거슬렸다.

"시험은 어떤 식으로 진행합니까?"

"일단은 힐러 시험부터 하겠습니다."

시험관으로 나선 것은 용우가 신경 써야겠다고 판단한 각성자, 마르고 신경질적인 인상을 주는 남자였다.

그가 시험장 한편에서 사람보다도 커다란 상자를 끌고 오더니 한쪽 면에 있는 버튼을 눌렀다.

쉬이이익…….

그러자 상자의 4면이 열리면서 그 안에 있던 기묘한 것이 무엇을 드러내었다.

'고깃덩어리?'

그것은 그야말로 고깃덩어리 혹은 살덩어리라고밖에 말할 수 없는 무언가였다.

말랑거리는 느낌의 피부로 둘러싸였고, 어린아이보다도 크다. 하지만 관절도 이음새도 없는 그냥 덩어리일 뿐이다.

단순한 형태인데도 보고 있자면 굉장히 그로테스크한 느낌이 들었다.

"이건 뭡니까?"

"생명공학으로 만든, 살아 있는 고깃덩어리입니다. 실험용으로 만들어진 건데 힐러 시험 때도 유용하죠. 검증되지 않은 힐러에게 사람이나 동물을 상처 입혀서 치료하라고 할 수는 없으니까요."

그는 그렇게 말하더니 손가락을 살덩어리 위에 대었다. 그러더니 마력을 발하며 슥 그었다.

—접촉 파괴!

스펠이 발동하면서 손가락이 긋고 지나간 곳에 뜯겨져 나간 것 같은 상처가 생기더니 출혈이 발생했다. 살덩어리 안에는 뼈는 없었지만 내장들이 있어서 '살아 있는 상태'를 유지하고 있어서 이런 현상이 벌어진 것이다.

긴 상처를 내어서 출혈을 일으킨 시험관이 말했다.

"치료해 보세요."

하지만 용우는 그 말에 따르는 대신 멀뚱멀뚱 바라보고만 있었다.

그러자 시험관이 눈살을 찌푸리며 물었다.

"왜 그러십니까?"

"시험이 보통 이런 식입니까?"

"무슨 뜻입니까?"

"채점 기준을 전혀 알 수 없는 상황에서 이런 일들을 해야 하냐는 말입니다. 보통 이런 건 시험관 쪽에서 시범은 보여주지 않습니까? 아니면 하다못해 영상이라도 보여주거나? 그렇지 않습니까, 김은혜 팀장?"

용우가 김은혜를 보며 동의를 구하자 그녀가 침을 꿀꺽 삼켰다.

헌터 관리부의 일개 팀장인 그녀에게는 참으로 난감한 상황이다. 그래도 그녀는 에라 모르겠다는 심정으로 고개를 끄덕였다.

"그, 그렇죠, 보통은."

그러자 다들 표정이 불편해졌다. 어디까지나 시험받는 입장인 용우가 이런 식으로 나올 줄은 몰랐던 것이다.

용우가 살짝 웃으며 지윤호를 바라보았다.

"마침 여기에 국내 굴지의 배틀 힐러가 있으시군요. 시범을 청해도 되겠습니까?"

그 말에 지윤호가 어깨를 으쓱했다.

"이거 안 하겠다고 하면 나쁜 놈이 될 것 같네요. 좋아요."

그는 말이 끝나자마자 손을 들어서 시험용 고깃덩어리를 가리켰다.

—리모트 힐.

1초 후, 지윤호의 머리에서 후광 같은 빛의 파문이 퍼져 나갔다.

동시에 살덩어리의 상처 부위에서도 희미한 빛이 일더니 상처가 빠르게 아물어가는 게 아닌가?

"역시 지윤호로군."

다들 감탄했다.

치료계 스펠이라는 것은 무작정 쓰는 것보다 의학적 지식을 토대로 쓰는 것이 월등히 효율적이다. 그렇기에 용우의 여동생 서우희도 병원에서는 의사의 지시에 따라서 수술 보조를 맡고 있는 것이다.

다만 각성자로서의 능력이 힐러로 특화되었고, 그중에서도 최고 수준에 도달한 자들은 이런 상식을 뛰어넘는다.

'복원(復元) 특성을 가졌군.'

용우의 미소가 짙어졌다.

이 특성을 획득한 자들은 의학적 문제에 대한 고려가 거의 불필요하다.

그저 환자와 상처를 타게팅하고 스펠을 발동하면 '육체가 돌아가야 할 올바른 상태'로 회복시키기 때문이다. 몸에 박혀 있는 이물질조차도 알아서 빠져나오기 때문에 신경 쓸 필요가 없다.

"물론 이건 어디까지나 이상적인 교본입니다. 이제 갓 시험을 치르는 신입에게 이런 걸 바라진 않아요."

시험관은 깔보듯이 말하고는 다시금 스펠을 써서 고깃덩어리에 조금 전과 동일한 상처를 만들어내었다.

"그렇군요."

용우는 고개를 끄덕이고, 손을 들어 고깃덩어리를 가리켰다.

—리모트 힐.

1초 후, 용우의 머리에서 후광 같은 빛의 파문이 퍼져 나갔다.

동시에 살덩어리의 상처 부위에서도 희미한 빛이 일더니 상처가 빠르게 아물어갔다.

"……."

그 광경을 본 자들은 순간적으로 오싹해졌다.

'뭐야?'

만약 이곳에 있는 것이 헌터 관리부의 공무원들이었다면 이

토록 빠르게 지금 일어난 일의 의미를 깨닫지는 못했을 것이다.

'지윤호랑 같은 스펠인 건 그렇다 치고… 타이밍이랑 효과까지 완벽하게 똑같잖아?'

하지만 그들은 모두 각성자에 대한 뛰어난 안목을 가진 사람들이었다.

그렇기에 전율할 수밖에 없었다.

방금 용우가 아무렇지도 않게 해보인 일이 얼마나 터무니없는 일인지 아주 잘 아니까.

당황하는 그들 앞에서 용우가 시큰둥하게 물었다.

"이상적인 교본대로 했으니 이건 만점으로 통과한 거겠죠? 다음은 뭡니까?"

"……."

시험관이 자기도 모르게 침을 꿀꺽 삼켰다.

너무나도 태연하게, 별것 아니라는 듯이 보여준 한 수.

그것만으로도 충분했다.

그 자리에 있는 자들이 용우를 보는 눈빛이 달라졌다.

3

배틀 힐러임을 입증하는 시험들은 너무나 수월하게 진행되었다.

원거리에서 치료하기, 여러 대상을 두고 랜덤하게 선택되는 대상을 치료하기, 움직이면서 치료하기, 트레이닝 기기 속에서 공격을 피하면서 치료하기까지……

용우는 모든 시험에서 지윤호가 보인 시범을 그대로 따라 해서 통과해 버렸다.

이쯤 되자 사람 좋은 미소를 짓고 있던 지윤호도 더 이상 웃을 수가 없었다.

그는 스스로가 각성자 중에서도 특별한 존재임을 알고 있었다.

배틀 힐러는 현역 중에서는 전 세계를 통틀어도 12명밖에 없고 대한민국 헌터 업계에서는 유일한 존재였으니까. 게다가 그는 희소성만 있는 게 아니라 세계적으로 명성을 날리는 헌터들과도 손발을 맞출 정도의 실력자이기도 했다.

그런데 용우는 그런 그가 보이는 시범을 너무나 간단히 따라 한다.

처음에는 적당히 시범에 나선 지윤호였지만 첫 시험 다음부터는 그럴 수가 없었다.

그는 매번 진심으로, 이름을 날리는 헌터들도 다들 놀랄 수밖에 없는 실력을 보여주었다.

'이것도 이 사람한테는 전혀 힘든 게 아니라는 거지. 막 귀환한 사람이 어떻게 이럴 수가 있지?'

0세대 각성자라는 소리를 듣고 과연 어떤 사람인가 궁금했다.

세간에서는 그 존재에 터무니없는 환상을 투영해서 전설처럼 이야기하지만, 이 자리의 헌터들은 큰 기대를 품지 않았다.

왜냐하면 그들은 현실에서 행동으로 자신을 증명해 온 사람들이기 때문이다.

목숨을 건 싸움으로 인류 사회를 유지하는 실적을 쌓아온 그들은 아직 증명되지 않은 허무맹랑한 가상의 존재에게 환상을 품기에는 너무 많은 것을 알고, 많은 것을 경험해 왔다.

예를 들면 1세대 각성자들만 봐도 안다.

세상은 1세대 각성자들에게 특별한 의미를 부여하고 있으며, 실제로 그들은 궁지에 몰린 인류를 구원한 영웅들이었다.

그러나 객관적으로 볼 때 그들의 각성자로서의 능력은 그리 대단하지 않았다.

2세대까지도 각성자들은 각성자 튜토리얼을 살아남아서 통과하는 것에 급급했으며, 각성자 튜토리얼에서 얻은 포인트가 낮아서 각성자로서의 잠재력도 별로 높지 않았다.

뒷세대로 갈수록 각성자 튜토리얼에 대한 정보가 쌓이고, 분석되고, 보다 뛰어난 성적으로 통과할 수 있는 공략법이 연구되면서 각성자의 능력도 상승세를 보였던 것이다.

'2세대까지도 그랬는데 0세대라면 말할 것도 없잖아? 24만 명이 실종됐는데 한 명밖에 돌아오지 못했으면…….'

그 세대의 생존율이 높을수록 상위권 각성자들의 잠재력도 높다.

이것은 지금까지 현실에서 증명되어 온 사실이었다.

서용우가 헌터 관리부에서 진술한 바에 따르면 그를 포함한

24만 명의 실종자들은 각성자 튜토리얼이 아니라 '어비스'라고 불리는 세계로 소환되었다.

그리고 그곳에서 3년 동안 목숨을 건 싸움을 했고, 왠지 귀환하고 나니 그가 경험한 시간과 현실 사이에 12년이라는 시간적 오차가 발생해 버렸다.

지윤호가 소속된 팀 크로노스를 포함, 정상급 팀들은 '어비스'라는 세계가 각성자 튜토리얼의 원형이라고 추측했다.

인류에게 각성자라는 방위 수단을 공급하는 정체불명의 존재들.

그들이 아직 각성자 튜토리얼이라는 효율적인 커리큘럼을 개발하기 전에 벌인 일이라고 본 것이다.

그렇다면 3년이라는 시간 동안 살아남았다고 하더라도 대단한 능력을 얻었다는 보장이 없다. 막무가내로 생존 경쟁을 한다고 해서 강해지는 것은 아니니까.

효율화된 커리큘럼은 주먹구구식 교육과는 비교도 안 될 정도의 효율성을 발휘하게 마련이다.

그런데…….

'괴물.'

전설 속에서 튀어나온 0세대 각성자는, 그런 현실주의자들의 합리적인 분석을 쓰레기통에 처박아 버리는 수수께끼의 괴물이었다.

문득 용우가 물었다.

"이 시험, 배틀 힐러 시험 맞습니까?"

그는 지금 첨단 센서가 장착된 보호 장구를 착용하고 있었다.

"그렇습니다만?"

"지금까지의 시험은 배틀 힐러임을 증명하는 데 필요하다고 생각하지만……."

용우는 자기 앞에 선 상대, 팀 블레이드의 무투파 헌터를 보며 말했다.

"대체 대인전이 왜 시험에 들어가는지 모르겠군요? 배틀 힐러하고는… 아니, 몬스터와 싸우는 게 일인 헌터하고는 상관없지 않습니까?"

"그럼 시험을 포기하겠습니까?"

시험관들은 설명하는 대신 네가 그렇게 생각하면 어쩔 거냐는 뻔뻔함을 보였다.

용우가 그렇게 말한 남자를 노려보더니 헬멧을 옆에 던져 버렸다.

"그러죠."

"뭐?"

"시험 포기하겠습니다."

용우는 그렇게 말하고는 보호구들을 훌렁훌렁 던져 버리고는 몸을 돌렸다.

그리고 김은혜에게 말했다.

"팀장, 헌터는 됐어. 힐러 라이센스 준비해 줘."

"뭐 하는 거예요? 잠깐만 참으면 되는데……."

"싫어. 내일까지 활동에 아무런 문제도 없는 힐러 라이센스가 내 손에 들려 있지 않으면, 바로 미국 쪽에 연락을 넣을 거야. 15년이나 지나서 그런지 세상이 많이 좋아졌더군. 나 같은 사람도 시간만 들이면 그럴싸한 비디오 레터를 만들 수 있는 앱이 있더라고. 그 내용이 뭔지는 상상에 맡기지."

"……!"

그 말에 김은혜의 얼굴이 하얗게 질려 버렸다.

그리고 충격이 그 자리를 강타했다.

"지금 무슨 소리를 하는 건가!"

팀 블레이드의 사장, 오성준이 버럭 소리를 질렀다.

하지만 용우는 그의 존재 자체를 무시해 버리고는 시험장 문으로 걸어갔다.

"먼저 차로 가 있을게. 아, 혹시 여기서 할 업무가 남았나? 그럼 나 혼자서 알아서 가지."

"이 새끼가! 사장님을 무시하는 거냐!"

대인전 시험으로 용우를 상대할 예정이었던 청년 헌터가 폭발했다.

그가 뛰어들어서 용우의 어깨를 붙잡고 돌려세웠다.

"야."

용우가 그를 노려보며 말했다.

"이거 놔라."

"새파랗게 어린 새끼가, 0세대 각성자라고 추켜세워 주니까 눈에 뵈는 게 없지? 여기 계신 분들이 얼마나 하늘 같은 선배

님들인지……."

"말귀 못 알아먹는 새끼네. 귀먹었냐?"

팍!

순간 청년이 벼락처럼 뒤로 물러났다.

"큭……!"

청년의 표정이 일그러졌다. 용우가 팔을 쳐내는 것을 피하지 못했기 때문이다.

"이 자식!"

그는 그 사실에 자존심이 상한 듯 분노하며 돌진해왔다.

발차기로 용우를 물러나게 한 다음 옆으로 돌아서 뛰어들면서 훅을 날린다.

그런데 갑자기 그의 눈앞이 빙글 돌았다.

'어?'

다음 순간 그의 복부를 충격이 관통했다.

투학!

청년은 비명도 지르지 못하고 바닥에 엎어져서 의식을 잃었다.

"깜짝 놀라서 손이 나가 버렸군. 정당방위다."

용우는 조금도 놀라지 않은 목소리로 말했다. 그리고 눈을 까뒤집고 혼절한 청년에게서 몸을 돌리며 김은혜에게 말했다.

"가지."

"멈춰라."

그 앞을 두 사람이 가로막았다.

시험관 노릇을 하던 마르고 신경질적인 남자, 그리고 그동안 가만히 보고만 있던 거구의 남자.

"한 발짝만 더 다가오면……."

그들이 3미터까지 접근하는 순간 용우가 심드렁하게 경고했다.

"둘 다 저 양아치 새끼보다 더 못한 꼴로 만들어준다."

그 말에 그들이 움찔했다.

둘은 산전수전 다 겪은 베테랑 헌터들이다. 하지만 조금 전에 청년이 어떻게 당했는지 알아본 자가 아무도 없었다.

"난 모르모트도 아니고, 이 나라한테 받은 은혜도 없어서 공짜 봉사는 사절이다. 나한테서 뭔가 얻어내고 싶으면 정중한 서비스와 돈다발을 들고 와."

"미쳤군."

"자기가 무슨 소리를 하는지는 알고 있나?"

헌터들의 말에 용우가 어이없다는 듯 웃었다.

"내가 분명히 들었는데 나에 대한 정보는 기밀 사항으로 처리된다더군. 그런데 왜 민간 기업 분들이 나에 대해서 알고 여기 와 계실까? 국가기관 시험인데 왜 이 자리에는 전부 민간 기업 사람들밖에 없고?"

"우리는……."

"듣기 싫으니까 입 다물어."

"그만."

뒤에서 보고 있던 오성준이 나직하게 말했다.

"시험을 볼지 말지는 본인의 자유야. 보내주게."

용우는 그의 말을 들은 체도 안하고 김은혜에게 말했다.

"팀장, 난 분명히 말했다. 내 말대로 안 되면 난 미국 갈 거야. 인터넷을 보니까 0세대 각성자가 연락만 해줘도 100만 달러를 주겠다는 사람도 있더라?"

"이 새끼가!"

그 말에 거구의 남자가 참지 못하고 폭발했다. 그가 성큼 다가와서 용우의 멱살을 잡는 순간이었다.

빠각!

"……."

순간 다들 믿을 수 없다는 듯 그를 바라보았다.

그가 용우의 멱살을 잡으려고 뻗었던 팔이, 중간에 똑 부러져 있었다.

"아아아악!"

한 박자 늦게 비명이 울려 퍼졌다.

용우가 싸늘한 눈으로 그를 보며 말했다.

"대인전의 기초조차 모르는 놈들이 나한테 광대놀음을 시켜?"

과연 지구에서는 각성자들이 각성자를 상대로 싸워서 죽일 일이 얼마나 있었을까?

물론 없지는 않았을 것이다. 그 와중에도 국가 간의 이해관계가 부딪치는 일이 있었을 테니 꽤 많을지도 모르겠다.

하지만 단언컨대 지구상에 용우만큼 각성자를 상대로 죽고 죽이는 전투를 많이 치러본 자는 없었다.

'괴물 상대로야 달인이겠지.'

용우는 이들을 깔보지 않았다.

이미 헌터들이 괴물을 상대로 얼마나 잘 싸우는지는 돌아온 첫날 견식했으니까.

그리고 이 자리에 모인 헌터들은 결코 약하지 않았다.

당장 악수를 통해서 촉진이라는 수작을 걸어왔던 오성준만 봐도 안다. 각성자로서의 피지컬이라고 할 수 있는 마력 기관은 그가 용우보다 강했다.

물론 어디까지나 '지금의' 용우와 비교할 때 그렇다는 것이지만. 하지만 문제는 각성자로서의 능력이 얼마나 강하냐가 아니다.

괴물을 상대하는 법과 인간을 상대하는 법은 완전히 달랐다. 이들의 스킬은 제한적이었고, 각성자끼리의 전투법에 대해서는 걸음마 수준에 머물러 있었다.

그에 비해 용우는 이들과는 비교도 안 될 정도로 다양한 스펠을 갖고 있으며, 각성자와 싸우는 법도 통달했다.

"어이가 없다. 당신들 대체 뭐 믿고 나한테 이러는 건데?"

모두가 얼어붙은 것처럼 침묵하는 가운데, 단 한 사람만이 급하게 움직였다.

지윤호가 팔이 부러진 남자에게 달려가서 치료 스펠을 발했다.

—리스토어 힐!

치료 스펠 중에서도 고위급으로 평가되는, 기적에 가까운 효과를 발휘하는 스펠이 펼쳐졌다.

"헉… 허억……. 고, 고맙습니다, 윤호 씨."

부러진 뼈가 원래대로 돌아가자 남자는 창백한 안색으로 지윤호에게 감사했다.

그는 방금 전까지의 흉흉한 기세는 온데간데없고 두려움에 찬 눈으로 용우를 바라보았다.

"생각이 바뀌었어."

용우가 말했다.

"경고한다. 내일까지 헌터 라이센스랑 힐러 라이센스 둘 다 발급해 두도록. 만약 그렇게 되지 않거나, 혹은 지금 이 일로 나한테 누명을 씌우려고 하면……."

순간 시험장이 아니라 그 너머, 모니터 룸에서 상황을 지켜보던 헌터 관리부의 간부들이 헉 하고 숨을 삼켰다.

카메라가 아닌, 정확히 그들이 있는 지점의 벽을 노려보는 용우의 시선이 마치 벽을 넘어서 그들의 심장을 옥죄는 것 같은 착각을 느꼈기 때문이다.

"후회하게 될 거야. 며칠 동안 알아보니까 난 이 나라에 아쉬울 게 전혀 없더라고. 그럼."

용우는 몸을 돌려서 시험장을 나섰다.

등을 보인 채로 걸어가는 그의 태도는 무방비하기 짝이 없었다. 하지만 이 자리의 누구도 그를 공격하거나 막아설 엄두를 낼 수 없었다.

Chapter5

죽음의 의미

1

보통 사람은 존재조차 모를 지저의 어둠 속.

지하 300미터의 비밀 공간에 한 남자가 서 있었다.

"이상하군."

붉은 정장을 입은 남자는 얼굴에 쓴 가면 안쪽에서 중얼거렸다.

새카만 표면에 붉은빛을 발하는 기이한 눈 두 개가 달려 있는 가면이었다.

"어비스의 봉인이 파괴된 지 12년."

그것은 퍼스트 카타스트로피 이후 지난 세월과 일치했다.

"7번째의 문이 열렸고……."

그것은 각성자 튜토리얼이 열린 횟수와 일치했다.

"인류에게는 앞으로 5번의 기회가 더 남았다."

의미를 알 수 없는 말을 중얼거리는 그의 시선이 정면으로 향했다.

그곳에는 거대한 기둥이 있었다.

소재를 알 수 없는, 매끈하게 만들어진 검은 기둥의 표면에는 스크래치처럼 수많은 문양이 새겨져 있었고 그 한복판에는 빛나는 탑의 모습이 있었다.

그 탑에는 각 층마다 하나씩, 총 12개의 문이 달려 있었는데, 그중 1층부터 6층까지의 문은 활짝 열린 채로 빛을 잃어버렸다.

그리고 7층의 문은 반쯤 열린 채로 빛이 옅어져 있었다.

"그런데 이제 와서 어비스에서 살아 돌아온 자가 있다니, 어떻게 그럴 수가 있지?"

그의 시선이 빛의 탑 아래쪽으로 향했다.

그곳에는 빛의 탑보다 10배나 거대하게 그려진, 빛나는 선이 아니라 어둡고 핏빛을 띤 선으로 음각된 영역이 있었다.

"단순히 구세록(救世錄)의 기록이 어긋난 거겠지."

어둠 속에서 또 다른 목소리가 들려왔다.

붉은 정장의 남자와 똑같은 가면을 쓴, 금발 단발머리에 검은 정장을 입은 여자의 목소리였다.

"그럴 리가 없다. 만약 구세록의 내용이 틀렸다면 지금까지 인류가 존속할 수도 없었을 테니."

"왜 없어? 당장 우리는 마지막 문이 열린 후의 미래조차 모르는데?"

"불경한 소리."

"불경? 웃기고 있네. 구세록은 전지전능한 신의 계시가 아니야. 그저 다른 세상에서 날아온, 멸망을 이겨낼 방법이 적힌 가이드북일 뿐. 이번에 그게 증명된 거고."

"……."

남자가 여자를 노려보았다. 가면 너머로도 그의 눈이 살의를 담고 있다는 사실이 보이는 것 같았다.

하지만 여자는 웃었다.

"혹시나 해서 말하는데 쓸데없는 수작 부리지 말고 얌전히 지켜봐."

"내게 명령하는 건가?"

"경고하는 거야. 난 구세록에 기록되지 않은 그가 어떤 사람인지 지켜보고 싶거든. 만약 일을 저지를 거면 서로 피 터질 각오를 하고 해."

싸늘하게 말한 여자의 모습이 어둠 속에 녹아들듯 사라져 갔다.

*　　　*　　　*

시험장을 뒤집어놓고 집으로 돌아온 용우는, 그때까지의 패기는 온데간데없이 사라진 약한 모습으로 여동생의 눈치를 보며 사과했다.

"미안하다."

"…오빠, 혹시나 해서 묻는 건데 반정부주의자야?"

시험장에서 있었던 일을 간략하게 들은 서우희가 어이없어하며 물었다.

"아냐. 딱히 그렇지는 않은데……."

"그런데 왜 정부 기관 상대로 그런 짓을 한 건데?"

"…그놈들이 양아치 같은 수작을 부리는 게 빤히 보이는데 당해주기 싫어서 그랬지."

"아니, 오빠 말대로라면 그냥 좀 참았으면 깔끔하게 해결되는 문제였지 않아?"

"음, 그랬을지도 몰라."

"근데 왜 그랬어?"

따져 묻는 우희는 화가 났다기보다는 불안해하고 있었다.

비록 각성자가 되어서 그 전까지와는 다른, 대접받는 인생을 살고 있다고는 하지만 그녀는 어디까지나 사회의 일원으로 살아가는 평범한 사람이다.

오빠가 국가기관을 뒤집어놓고 왔다고 하는데 걱정이 안 된다면 정신적으로 문제가 있는 것이리라.

용우는 곧바로 대답하지 않고 생각을 정리하며 신중하게 말을 골랐다.

"놈들이 내게 목줄을 채우려고 했으니까."

"목줄 좀 차면 어때서……."

울컥 해서 말하던 우희는 흠칫하며 말을 삼켰다.

"…미안해. 실언이었어."

우희는 용우가 무슨 일을 겪고 왔는지 들었다. 그리고 헌터 관리부에서 용우에게 무슨 짓을 하려고 했는지도.

그렇기에 그런 그들의 수작에 넘어가서 목줄을 차는 것이 용우에게 얼마나 흉흉한 의미로 다가왔을지 짐작할 수 있었다.

"괜찮아."

쓴웃음을 짓는 용우를 보며 우희는 생각에 잠겼다.

그녀는 평범한 사람이다. 사회의 일원으로서 정상적인 삶을 누리고 있었다.

그러나 용우는 아니다.

그에게는 대단히 특수한 사정이 있고, 그로 인해서 그의 입장 또한 보통 사람과 같은 기준으로는 판단할 수 없게 되었다.

국가권력을 등에 업은 자들이 용우에게 탐욕과 악의를 갖고 있다면?

그래서 그에게 목줄을 채우고 비인간적인 행위를 요구해 올 가능성이 있다면 어떻게 해야 하는가?

'옛날 일을 다룬 영화에도 그런 내용이 있었지.'

대한민국의 국가권력이, 나라를 위해서라는 명목으로 개인의 인권을 얼마나 쉽게 짓밟을 수 있는가를 다룬 영화들이 있었다.

'이미 그런 일도 있었고.'

퍼스트 카타스트로피 이후 12년간의 인류 역사는 몬스터와 맞서는 인류의 숭고한 투쟁만을 기록하고 있지 않았다.

지금의 세상은 뜻이 다른 인간끼리 서로 피를 흘려가며 만들어낸 것이다.

'잘 생각해 보자. 남의 일이 아니잖아.'

만약 용우가 혈육이 아닌 타인이었다면, 그의 입장보다는 자신에게 올 피해가 훨씬 크게 다가왔으리라. 그 사실에 분노해서 소리나 질러댔겠지.

'우리 오빠의 일이야.'

하지만 용우는 그녀의 혈육이었다.

며칠 지나지 않았지만 우희는 그 사실을 진실로 받아들였다.

그렇기에 우희는 자신의 입장에서 용우를 다그치기보다는 그의 입장을 이해하려고 애썼다.

그녀는 부모를 잃고 각성자 튜토리얼에서 살아 돌아오기까지 온갖 힘든 경험을 해왔다. 대부분의 일반인들과는 동떨어진 그 경험들은 그녀에게 용우의 입장을 상상해 볼 수 있는 힘을 주었다.

한참 동안 생각에 잠겼던 우희가 조용히 물었다.

"…어떻게 할지 생각은 해뒀어? 만약 그쪽에서 오빠를 범죄자로 몰면?"

"그럼 계획한 대로 미국 쪽에 연락을 넣고 이 나라를 떠날 방법을 찾을 거야. 우희야, 너한테는 정말 미안하지만……."

"나도 같이 가야겠지. 오빠가 그렇게 떠나면 나 혼자 그 전처럼 아무렇지도 않게 살아갈 수는 없을 테니까."

"……."

용우가 입술을 깨물었다.

"미안하다."

"뭐가?"

"내가 돌아오지 않았더라면……."

용우는 자신의 행동이 틀렸다고 생각하지 않았다. 하지만 아픈 과거를 넘어서 홀로 잘 살아가고 있던 여동생의 인생을 망쳐놓을지도 모른다는 사실을 외면할 수는 없었다.

자의와는 상관없이 어비스로 납치당해서 지옥 같은 시간을 보내야 했던 용우는 자신을 향한 악의에 민감했다.

악의를 알아차리는 순간, 그 악의의 정체를 통찰하고 쳐부술 방법을 생각한다.

그리고 그 악의가 자신을 구속하고 통제하려는 의도를 가졌다면 그때는 도저히 솟구치는 충동을 억누를 수가 없다.

그것은 일종의 PTSD(Post Traumatic Stress Disorder: 외상 후 스트레스 장애)다.

정체를 알 수 없는 존재들에 의해서 인생을 강탈당하고, 소통조차 불가능한 괴물들과 싸우고… 그리고 종국에는 자신을 겨눈 인간의 악의를 살의로 쳐부숴야 했던 그의 정신은 망가져 있었다.

"오빠."

다음 순간, 용우는 흠칫했다.

자신에게 다가온 우희가 양손으로 얼굴을 붙잡았기 때문이다.

"나를 봐."

숨결이 닿을 정도로 가까운 거리에 동생의 얼굴이 있었다.

지난 며칠 동안 보아온 얼굴이다. 하지만 여전히 낯설어 보인다.

그가 알던 여동생은, 자신에게 용돈을 타가며 깔깔 웃던 꼬꼬마 중학생 서우희는 이제 없다.

눈앞에 있는 것은 그가 모르는 세월을 이겨낸 사람의 얼굴이다.

어느새 오빠보다 나이가 들어서 어른이 되어버린 동생의 얼굴이 거기에 있었다.

"정말 미안하다고 생각하면 그런 소리는 하면 안 되는 거야."

"……."

"오빠의 입장을 이해하려고 열심히 생각하고 있는데 그런 말을 하면… 내가 어떡해야 해? 화를 낼 수밖에 없잖아?"

용우는 부끄러움으로 얼굴이 달아올랐다. 그녀의 말이 옳다는 것을 인정했기 때문이다.

한숨을 쉬며 그에게서 떨어진 우희가 허공을 올려다보며 말했다.

"나 있지. 퍼스트 카타스트로피 때 엄마 아빠가 돌아가시고… 그다음에 할아버지까지 돌아가시고 나서는 정말로 혼자였어."

퍼스트 카타스트로피 이후 한참 동안이나 사회 분위기는 우울한 잿빛을 띠고 있었다.

그런 상황에서 경제적 여건 때문에 4년제 대학조차 나오지 못한 그녀가, 의지할 사람 하나 없이 살아가기란 결코 쉬운 일이 아니었다.

정말로 악착같이 살아왔다. 그러나 아무리 열심히 해도 미래가 보이지 않는 삶이었다.

각성자 튜토리얼에 소환되지 않았더라면 아마도 지금쯤 그녀의 삶은 더 암울했을 것이다.

하지만 그 일에 감사하지는 않는다. 어쩌면 그녀는 평생 동안 악몽으로 따라다닐 정신적 상처를 대가로 지금의 삶을 얻은 것이니까.

"좋은 일 따위 없었어."

분명 빈곤에서 벗어났고, 의사를 도와 사람을 살린다는 일에서 의미와 자부심도 얻을 수 있었다.

그런데도 그녀는 늘 공허함에 사로잡혀 있었다.

악몽은 일상의 일부였고, 악몽에서 깨어나고 나면 가슴 한 구석이 텅 비어버린 감각에 사로잡히고는 했다.

마치 각성자 튜토리얼에서 진짜 서우희는 죽고, 껍데기만이 돌아온 것 같은 기분이었다.

일에 열중해서 얻는 충실감도 그때뿐.

직장 동료들의 소개로 남자를 만나서 연애를 해봐도 도무지 상대에게 몰입할 수가 없었다. 억지웃음을 지으면서 영양가 없는 대화를 나누다가 금방 끝나 버리는 일을 되풀이했을 뿐이다.

"하지만 오빠가 돌아온 후로는 아주 오랜만에… 진짜 내가 된 것 같았어."

처음에는 혼란스럽기만 했다.

하지만 용우를 보면서 우희는 불행한 기억의 바다 밑바닥에 가라앉아 있던, 보석처럼 아름다웠던 추억들을 떠올려 냈다.

의지할 사람 앞에서 어리광을 부리면서 행복하게 웃었던 그 시절을.

그때의 감정이 되살아나자 우희는 용우를 고생해서 번 아르바이트 급료를 쪼개서 꼬꼬마 중학생에게 용돈을 주던, 상냥한 오빠로 받아들일 수 있었다.

그리고 자신이 더 이상 의지할 곳 없는 혼자가 아니라는 것을 실감하기 시작했다.

"그러니까 그런 말은 하지 말아줘."

용우는 한참 동안 멍하니 그녀를 바라보다가 조용히 고개를 끄덕였다.

2

다음 날 오전, 용우와 우희는 초조하게 시간을 기다리고 있었다.

오늘은 우희도 직장에 연락해서 병가를 내고 출근하지 않았다. 두 사람의 운명이 어느 쪽으로 향할지 결정되는 날이었기 때문이다.

이 나라를 떠나야 할지도 모르는데 아무렇지도 않게 출근할 만큼 우희는 신경이 굵지 못했다.

"우희야."

자기 혼자만이라면 모를까, 우희의 운명까지 걸렸다 보니 용우도 마음이 요동치는 것을 참을 수 없었다.

용우는 긴장을 풀 의도로 우희에게 반쯤 농담 섞인 말을 건넸다.

"영어 잘해?"

"오빠보다 잘할걸?"

"설마. 난 이래봬도 외국인들하고 손짓 발짓 더해가면서 어떻게든 의사소통을 해보겠다고 필사적으로 배운 실전 영어 능력자라고."

"요즘 세상에 영어가 얼마나 중요한데? 내가 취직해 보겠다고 얼마나 공부를 열심히 한 줄 알아? 어디 한번 둘이서 영어로만 이야기해 볼래?"

"다행이군."

"갑자기 뭔 소리야?"

"영어 잘하면 미국 가도 괜찮을 거 아냐."

"……."

우희가 째려보자 용우가 킬킬거리며 웃었다. 시답잖은 않은 말장난을 하고 있으니 조금은 초조함이 가라앉는 것 같았다.

그때였다.

딩동.

인터폰에서 누군가의 방문을 알리는 벨소리가 울려 퍼졌다.

“누구세요?”

“실례합니다. 여기가 서용우 씨 댁 맞습니까?”

그리고 방문자는 김은혜 팀장이 아니었다.

*　　　　*　　　　*

“이른 시간에 실례합니다.”

양해를 구하며 집 안으로 들어온 것은 정장에 선글라스를 쓴, 점잖은 얼굴의 중년 사내와 수행원으로 보이는 정장 차림의 여성이었다.

‘끝까지 한마디도 안 했던 그 사람이군.’

용우는 그가 어제 시험장에 있던 사람 중 하나임을 알아보았다.

정체를 알 수 없었던, 하지만 다른 사람들의 태도로 보건대 높은 직위를 가졌음을 알 수 있었던 각성자.

“팀 크로노스의 사장 백원태라고 합니다.”

과연 그는 오성준과 어깨를 나란히 하는 거물이었다.

2세대 각성자로 2년 전에 큰 부상을 입고 현역에서 은퇴했지만 그 전까지는 업계의 살아 있는 전설로 불렸던 헌터다.

“어제는 실례가 많았습니다, 서용우 씨.”

"아무것도 안 하신 걸로 기억합니다만."

"당신에 대한 정보를 듣고 그 자리에 간 것 자체가 불쾌하지 않았습니까?"

"불쾌했지요."

"그럼 사과할 이유가 있는 셈이군요."

"설마 사과를 하려고 찾아오신 겁니까?"

"그렇습니다. 그리고 내가 그래야 했던 이유를 변명하고자 합니다. 아, 내 선글라스는 폼으로 쓰고 있는 게 아니라, 내가 눈이 상해서 빛을 받으면 통증이 와서 쓰고 있는 것이니 양해 부탁드립니다."

"신경 안 씁니다."

"고맙습니다."

백원태가 말을 이었다.

"내가 그곳에 갔던 이유는 서용우 씨, 당신에게 물어볼 게 있어서였습니다. 그런데 내가 헌터 관리부에서 들은 바에 의하면 당신은 자신의 이야기를… 그 어비스라는 세계에서의 경험에 대해서 듣는 것에 대가를 요구하더군요."

띠리링.

그 말과 동시에 용우의 휴대폰에서 알림음이 울렸다.

그 화면을 본 우희가 기겁해서 외쳤다.

"5억 원?"

모바일 뱅킹 앱이 5억 원이 입금되었다는 메시지를 띄웠던 것이다.

5억 원을 송금한 것은 수행원 여자였다. 그녀가 말했다.

"계약서도 준비해 왔습니다. 일단 말씀 나누신 후에 검토해 보시지요."

"이걸로 일단 1시간을 사고자 합니다."

"쿨하시군요."

백원태의 태도에는 용우도 놀라지 않을 수 없었다.

그가 어떻게 자신의 계좌를 알았는지는 놀랄 일이 아니었다. 어차피 김은혜에게 중개자로서의 역할을 맡길 때 알려준 정보였으니까.

"어비스에 대한 궁금증 때문에 오신 겁니까?"

"그렇습니다. 질문해도 되겠습니까?"

"예. 대답할 수 있는 것에 한해서, 성실하게 대답해 드리죠."

그러나 이어지는 백원태의 질문은 용우가 예상치 못한 것이었다.

"혹시 신유정이라는 아이를 알고 있습니까? 당시에 17살이었지요. 방과 후 학원 수업을 받고 돌아오는 길에 실종되었으니 교복을 입고 있었을 겁니다."

"혹시……."

그 말에 용우는 그가 자신을 찾아온 진짜 이유를 알 수 있을 것 같았다.

"…저랑 같이 실종된 사람입니까?"

"내 조카였습니다. 씩씩하고 사랑스러운 아이였지요."

"……."

"나도, 누님도 그 아이가 죽었다고 생각하고 포기한 지 오래입니다. 그런데 당신이 나타났지요."

2012년에 실종된 24만 명, 그중에서 15년 만에 살아서 귀환한 사람이 나타난 것이다.

"찾아오지 않을 수가 없었습니다."

무거운 침묵이 내려앉았다.

용우는 자신을 향한 그의 시선에 가슴이 아파왔다. 어제 시험장에 들어서는 순간부터 품었던 그에 대한 선입견과 불쾌한 감정은 말끔하게 사라져 있었다.

이 질문에는 성실하게 대답해 줘야 한다. 그러지 않으면 안 된다. 용우는 강한 의무감을 느꼈다.

"신유정, 신유정……."

용우는 눈을 감고 기억을 더듬었다.

24만 명.

세계 인구에 비하면 적지만 한 인간이 기억하기에는 너무나 많은 숫자다.

그중에서 용우가 기억하는 사람은 한 줌에 불과하다.

그래도 인상 깊은 인물들, 그중에서도 한국인이라면 오랫동안 기억하고 있었다.

말이 통하는 사람들이었기 때문이다.

어비스에 간다고 해서 그곳에 모인 인간들에게 언어의 장벽을 뛰어넘는 힘 따위는 주어지지 않았기에, 용우는 대부분 어설픈 영어로 소통해야 하는 경우가 많았다.

그래서 그럴 필요 없이 한국어로 대화를 나눌 수 있었던 상대들은 좋든 나쁘든 기억에 남아 있었다.

"혹시 누님분은 남편분과 이혼하셨습니까?"

그런 의미에서 백원태는 운이 좋은 사람일지도 모른다.

그가 찾는 사람은 24만 명이나 되는 실종자 중에서 용우가 얼굴과 이름 뿐만 아니라 사연까지도 아는 사람이었으니까.

"맞아요. 어떻게 아는 겁니까?"

"오른손에 화상 흉터가 있고요."

"그, 그것도 맞아요."

"그렇다면… 맡아둔 것이 있습니다."

용우는 머뭇거리면서 말하더니 허공의 한 지점에 손을 넣었다.

그러자 그의 손이 허공으로 쑥 들어가는 게 아닌가?

다들 깜짝 놀라면서 그 광경을 바라볼 때, 용우가 그 안에서 뭔가를 끄집어내어서 백원태에게 내밀었다.

"이건……."

그것을 받아 든 백원태는 말문이 막혀 버렸다.

회중시계였다.

구입할 당시에는 분명 고급스러운 물건이었을 것이다. 하지만 백원태의 손에 들린 그 회중시계는 망가지고 더러워져서 더 이상 작동하지도 않았다.

"아, 삼촌! 진짜 센스 꽝이네. 여고생이 회중시계 받고 좋아할 거 같아? 어휴, 우리 삼촌 이렇게 센스 없어서 어째?"

스위스에 여행 다녀오는 길에 지갑을 털어서 비싼 회중시계를 선물해 줬더니만 그렇게 투덜거리던 목소리가 귀에 선하다.

그런데 그 회중시계를 계속 갖고 있었을 줄이야.

"유정아……."

백원태는 신유정이 살아 있냐고 묻지 않았다.

그저 회중시계를 끌어안고 조용히 흐느낄 뿐이었다.

* * *

한참을 흐느끼다가 또 오랫동안 침묵하던 백원태가 입을 열었을 때, 그의 입에서 나온 것은 질문이었다.

"…정말 당신 혼자뿐입니까?"

밑도 끝도 없는 질문이었지만 용우는 그가 묻는 의미를 알아들었다.

"예."

"하, 하하하하하……."

백원태가 공허하게 웃었다.

24만 명이다.

자그마치 24만 명이 어느 날 갑자기 세상에서 자취를 감추었다.

그런데 그들 중 살아서 돌아온 것은 단 한 명뿐이라니, 이렇게 잔혹할 수가 있나?

확실히 서용우의 존재는 폭탄이다.

정부가 그를 신경 쓰는 이유는 0세대 각성자의 비밀 때문만이 아니다. 전 세계에 존재하는, 어느 날 갑자기 소중한 사람들을 잃어버린 대실종의 피해자들을 자극할 폭탄인 것이다.

"당신의 진술서를 봤습니다. 많은 정보가 있진 않았지만 어비스라는 곳은, 각성자 튜토리얼을 만든 자들이 그 전에 만든 프로토타입 정도라고 추측했는데, 우리의 추측이 맞습니까?"

"아닙니다."

용우는 딱 잘라서 그 추측을 부정했다.

백원태가 놀란 눈으로 물었다.

"아니라고요?"

"혹시 당신들은 어비스를 바탕으로 각성자 튜토리얼이 만들어졌다, 즉 어비스 역시 각성자를 만들어서 세상으로 돌려보내기 위한 커리큘럼이다……. 그런 식으로 생각한 겁니까?"

"그렇습니다."

"절대 아닙니다."

용우가 어이없다는 듯 웃었다. 백원태는 그 미소에 짙은 증오와 분노가 섞여 있음을 읽어낼 수 있었다.

"그럼 어비스란 대체 무엇입니까? 무슨 목적으로 24만 명이나 되는 사람을 납치한 겁니까?"

"솔직히 그건 저도 잘 모르겠습니다."

"모른다고요?"

"예. 모릅니다. 하지만 분명한 건 어비스는 교육 과정 따위가 아니라는 점입니다. 우리는 가르침을 받지도 못했고, 목적을 설명해 주는 존재도 없었습니다. 그저 싸울 것을 강요받았을 뿐이죠. 그건 미래를 대비해서 인재를 키우는 것과는 거리가 멀었습니다. 당장 전쟁이 벌어지고 있는데 병력이 없으니까 급하게 기초 교육만 시키고 투입해서 어떻게든 전선을 굴리는… 그런 분위기에 가까웠죠."

백원태가 곰곰이 생각해 보더니 말했다.

"각성자 튜토리얼이 '교육'이라면 어비스는 '실전'이었단 말입니까?"

"예."

"무엇과의 실전이었습니까?"

"지금 이 세상이 싸우고 있는 것들."

즉, 몬스터였다.

3

백원태가 눈살을 찌푸렸다.

"몬스터 말입니까?"

"우리는 그렇게 부르지 않았습니다. 그저 어비스의 괴물이라고 불렀지요. 하지만 그것들이 몬스터와 동일한 존재라는 것은 확실합니다."

며칠 동안 용우는 인터넷에 존재하는 몬스터에 대한 자료들을 열심히 공부했다.

그리고 그 결과 확신을 얻을 수 있었다.

어비스의 괴물과 몬스터는, 완벽하게 같은 존재들이다.

"현재 출현한 몬스터들에 대한 자료들을 검색해 봤는데… 전부 다 제가 아는 것들밖에 없더군요. 외형이나 특성은 물론이고 이름까지 똑같이 명명되어 있는 걸 보면 좀 웃겼습니다."

"그 말은… 어비스와 각성자 튜토리얼의 데이터베이스는 같다는 뜻이군요?"

"예."

몬스터의 이름은 인간이 붙인 것이 아니다.

각성자들이 각성자 튜토리얼에서 제공받은 데이터베이스에 존재하던 것이다.

공부해서 아는 것이 아니다. 새로운 몬스터가 출현하는 순간 각성자들은 그것의 등급과 이름을 마치 예전에 공부했다가 잊고 있었던 내용처럼 자연스럽게 떠올리게 되는 것이다.

"같은 존재들이 만들었지만 목적이 달랐다……."

"그럴 겁니다. 어비스에서는 인간을 살려서 지구로 돌려보내야 한다는 의지를 전혀 느낄 수 없었으니까요."

그러기는커녕 인간을 철저하게 소모품으로 규정하고, 남김없이 소모해 버려야 한다는 강박적인 악의가 느껴졌다.

용우가 생각하기에 어비스의 각성자들이 괴물과 싸우는 것을 강요받는 상황에서도 서로를 죽이게 된 것은, 아무리 생각해 봐도 처음부터 그렇게 되도록 설계된 필연이었다.

또한 마지막 전투에 용우 혼자만이 남은 것도 마찬가지다.

'마지막 전투.'

용우가 그 사실을 통지받은 것은 전투 직전이었다.

즉, 용우를 제외한 나머지가 몰살당한 바로 전의 전투에서도 다음 전투가 마지막이라는 사실을 몰랐다.

만약 그 전에 알았다면 어땠을까?

그랬다면 최소한 바로 전의 전투에서 몰살당하는 일은 없었을 것이다.

골인 지점이 존재한다는 것으로도 희망을 얻었을 테니까.

그때까지의 원한 관계 따위는 접어둔 채로 협력해서 마지막 전투에 도전할 수 있었을 터.

'하지만 알려주지 않았다. 마지막 한 사람이 남았을 때에야 다음 전투가 마지막이라고 통지하다니 얼마나 공교로운 일인가? 그게 우연이었다고 믿으라고?'

용우는 확신하고 있었다.

처음부터 그렇게 결정되어 있었다고.

어비스에서의 여정에 끝이 정해져 있었던 것이 아니라, 생존자가 단 한 명만 남으면 그다음 전투가 끝으로 설정되는 것으로.

그리고 절대 이길 수 없는 전투에 마지막 생존자를 내던져서 죽여 버림으로써 '모든 전투 자원을 소모하는 것'이 어비스의 목적이었으리라.

"유정이가, 그 아이가 그런 곳으로 끌려가서 죽었다니……."

백원태가 격해진 감정에 몸을 떨었다.

정말로 사랑스러운 조카였다.

그녀를 위해서라면 무엇이든 해주고 싶었고, 위험이 닥친다면 목숨을 바쳐서라도 지켜주고 싶었다.

하지만 그녀는 죽었다.

백원태의 눈이 미치지 않고, 손을 뻗어줄 수도 없는 곳에서 홀로 무서워하며 죽어갔을 것이다.

백원태는 그 사실을 참을 수가 없었다.

드드드드드…….

강한 마력을 지닌 백원태가 감정을 주체 못 하자 주변의 사물들이 덜덜 떨리기 시작했다.

"진정하시죠."

하지만 용우가 한마디 하자 마치 찬물을 뒤집어쓴 듯 백원태가 정신을 차렸다.

"미안합니다. 감정이 격해져서 그만… 자제하지 못했군요."

"괜찮습니다. 그 심정, 조금이나마 이해합니다."

용우의 말에는 진심이 담겨 있었다.

'정말 증오해 마땅한 것은 괴물이 아니다.'

지구로 돌아와서 15년간 일어난 일들을 안 용우는 한 가지 확신을 품게 되었다.

'괴물 뒤에 있는 누군가의 의도, 선의를 가장해 인간을 지옥으로 처넣고자 하는 놈이다.'

그리고 어비스에 용우를 처넣었던 자와 세상을 이 모양으로 만든 자는 동일할 것이다.

용우는 반드시 그자를 찾아서 죽여 버릴 것이라고 맹세했다.

"차라리 어비스라는 곳이 각성자 튜토리얼 같은 곳이었다면… 그런 곳에서 죽었다면……."

각성자 튜토리얼에는 위기에 처한 세상을 구하기 위한 존재를 만들어낸다는 대의명분이 존재한다.

그것을 만든 자들이 누군지도 모르고, 따라서 그들의 진정한 의도도 알 수 없다. 하지만 적어도 인류는 각성자 튜토리얼에 그런 의미를 부여하고 희생자들의 죽음에 가치를 부여해 왔다.

그에 비해 어비스에서의 죽음에는 그런 의미를 부여할 수가 없다.

그것은 가늠할 수 없을 정도로 깊고 비인간적인 악의에 삼켜져 버린 죽음이었다.

"그랬다면 받아들일 수 있었겠습니까?"

용우는 일그러진 웃음을 지으며 물었다.

"인류를 위한 가치 있는 죽음이니까, 죽은 사람의 의사와는 상관없이 납치당해서 죽어갔어도 숭고한 희생이었다면서… 당신은 그렇게 납득하고 받아들일 수 있었겠습니까?"

"…아니요."

백원태가 울분을 씹어서 뱉어내는 듯한 목소리로 말했다.

"그럴 수 있을 리가 없지요. 유정이가 죽었는데 그만 식으로 납득할 수 있을 리가 없어."

"나도 그렇습니다."

용우의 말에 백원태가 흠칫하며 고개를 들었다.

그의 눈에 비친 용우는 마치 악귀처럼 무섭게 웃고 있었다.

"나는 앞으로 그런 일을 할 겁니다. 몬스터와 싸워서 인류를 지킨다……."

지금까지 모든 헌터들이 해온 일이었다.

"하지만 그건 부차적인 일입니다. 나는 반드시 이 모든 일의 원흉을 찾아내서, 그들이 누리던 모든 것을 빼앗고 세상에서 가장 고통스럽게 죽여 버릴 겁니다."

"…설마 당신은 그 원흉이 인간이라고 생각합니까?"

"모릅니다. 하지만 인간 비슷한 존재라는 것은 확신합니다. 각성자 튜토리얼만 봐도 명확하지 않습니까?"

백원태는 그 말을 부정할 수 없었다. 그만이 아니라 모두가 느끼고 있는 문제였으니까.

지극히 인간적인 사고방식을 가진 존재가 아니고서야 각성자 튜토리얼을 만들어내지 못할 것이다.

"놈들이 게이트 너머에 있을 수도 있고, 아니면 세상 어딘가에 숨어 있을지도 모르죠. 하지만 그놈들이 누구든, 어떤 존재이든, 그리고 어디에 있든… 나는 반드시 놈들을 찾아내서 죽여 버릴 겁니다."

그것은 단순히 개인적인 원한이 아니다.

삶을 파괴당한 자, 24만 명의 죽음을 등에 짊어진 자로서 해내야만 하는 숙업이었다.

*　　　*　　　*

백원태는 용우에게 어비스에 대해서 묻기보다는 조카에 대한 이야기를 하나라도 더 듣다가 일어났다.

용우가 신유정과 만나, 그녀의 죽음까지 함께한 시간은 채 10일도 되지 않았지만 그동안의 기억만으로도 많은 이야기를 해줄 수 있었다.

"고마웠습니다."

백원태는 조카의 유품을 전해주고, 그녀의 마지막을 알려준 것에 대해서 용우에게 깊은 감사를 표했다.

"2시간 37분 지났군."

백원태가 폰에 세팅해 뒀던 타이머를 확인하자 곧바로 대기하고 있던 수행원이 폰을 만지작거렸다.

그리고 곧 용우의 폰에 10억 원이 추가로 입금되었다는 메시지가 떴다.

용우는 찍히는 숫자에 현실감을 느끼지 못하며 웃었다.

"이건 받지 않겠습니다. 어비스에 대한 이야기를 하는 대가로 돈을 받겠다고 했지만, 혈육을 잃은 분에게 혈육의 소식을 전하는 것을 똑같이 취급할 수는 없습니다."

"괜찮습니다. 받아주십시오. 고작 돈이지만… 그런 걸로라도 고마움을 표하고 싶은 제 마음을 이해해 주셨으면 합니다."

"하지만……."

"부탁입니다."

백원태의 태도가 워낙 강경해서 용우는 한숨을 쉬며 받아들일 수밖에 없었다.

"그리고 앞으로 용우 씨가 헌터로 일하려면 돈이 필요할 겁니다. 돈을 벌기 위해서 돈을 투자해야 하는 직업이니까요."

백원태가 그렇게 말하자 수행원이 서류 봉투와 두 장의 카드를 용우 앞에 놓았다.

"헌터 라이센스와 힐러 라이센스입니다. 조회해 보시면 알겠지만 이미 데이터베이스에도 등록되었고, 활동에도 아무런 문제도 없을 겁니다. 그리고 추후 헌터 관리부에서 어제까지의 일을 빌미로 귀찮게 굴지 못하도록 처리해 두었으니 미국에 연락을 넣는 것은 그만둬 주셨으면 합니다. 언젠가 다른 나라에 알려지겠지만 조금이라도 그 시기를 늦추고 싶다는 것이 모두의 마음이니까요."

"…헌터 관리부에 영향력이 상당히 강하신가 보군요."

용우의 말에는 빈정거림이 섞여 있었다.

자신은 여동생과 함께 이 나라를 떠야 하나 걱정하고 있었는데, 대기업의 주인인 백원태는 너무나 쉽게 그 문제를 해결해 버린 것이다. 빈정거리지 않을 수가 없었다.

"별로 좋지 않게 들린다는 걸 압니다만, 사실이 그렇습니다. 왜 그런가를 제 입으로 말하면 너무 구질구질하고… 당신이 실종되었던 15년간 대한민국에서 일어난 일들에 대해서 역사 공부를 하시면 이해하실 수 있을 겁니다."

빙긋 웃은 백원태가 말했다.

"난 용우 씨, 당신에게 깊게 감사하고 있습니다. 미움 사고 싶지 않아요. 앞으로도 좋은 관계를 이어갔으면 합니다."
"알겠습니다. 순수한 호의로 받아들이지요."
"고맙습니다. 일단 계약서부터 처리하고… 그리고 온 김에 비즈니스 이야기를 해도 되겠습니까?"
"비즈니스?"
"헌터로서의 비즈니스 말입니다."

4

백원태는 용우에게 자신과 일하는 메리트를 설명했다.
"나와 손잡는다면 앞으로 헌터로 활동하기가 아주 좋을 겁니다. 내 입으로 말하기는 부끄럽습니다만, 대한민국 전체를 통틀어도 업계 영향력이 나만큼 큰 사람은 손에 꼽을 정도니까요."
그 말에는 조금의 허세도 없었다.
팀 크로노스는 팀 블레이드와 한국 헌터 업계 1, 2위를 다투는 최강의 헌터 기업이었다.
헌터 기업으로서도 덩치가 크지만, 그저 방위 산업에만 전념하는 것이 아니라 헌터 활동으로 얻은 이익으로 다방면에 투자를 해서 대기업이 되었다.
"아내가 유능한 기업가라서 덕을 많이 봤지요."
이 말도 농담이 아니었다. 백원태의 아내가 팀 크로노스를 모기업으로 삼아 확장한 크로노스 그룹의 총수였으니까.
"마음 같아서는 바로 영입 제안을 드리고 싶습니다. 혹시 생각이 있으십니까? 팀 크로노스에 오신다면 3년 계약으로 계약금 30억, 연봉 100억을 드릴 수 있습니다만. 물론 각종 옵션도 섭섭하지 않게 맞춰 드리죠."

"……."

농담 같은 액수였다.

0세대 각성자이며 배틀 힐러라는 특이성이 있다고는 하지만 아직 아무런 실적도 없는 용우에게 세계 톱클래스 스포츠 스타, 그것도 축구나 야구 같은 메이저 스포츠에서나 가능한 연봉을 제안한단 말인가?

'와, 센데?'

솔직히 마음이 흔들렸다.

하지만 용우는 고개를 저었다.

"아직 업계에 대해서 아는 것이 아무것도 없는지라, 일단은 프리로 일해보고 싶습니다."

"하하, 그렇게 말씀하실 것 같았습니다. 하지만 그건 정말 쉽지 않은 일입니다."

프리랜서로 뛰는 헌터가 없지는 않다.

하지만 정말 드물었다.

심지어 한국에서만이 아니라 일본이나 미국까지 봐도 그렇다.

"기본적으로 기업의 형태를 갖추지 않으면 헌터 관리부와 국방부에서 게이트 발생 시에 콜(Call)을 받을 수 없습니다. 개인 자격으로는 게이트에 진입하는 것이 불가능하고, 게이트 브레이크 시에 설정되는 배틀 필드에 진입하는 것 역시 불법이죠."

현재 프리랜서로 뛰는 헌터들은 기업 소속으로 활동하면서 충분한 실적과 인맥을 다진 이들이었다.

"개인 사업자 등록을 한다고 해도 마찬가지입니다. 헌터 관리부와 국방부의 콜을 받기 위해서는 까다로운 조건을 통과해야 합니다. 업계 신입이 헌터로 활동하는 것은 사실상 불가능해요. 통상 절차에서 벗어난 긴급 재난 상황만 기다렸다가 개입한다면 모를까."

하지만 이런 예외 상황조차도 과연 자신이 있는 지역에서 이런 사태가 터지는가 하는 문제가 있다.

서울에 살고 있는데 대구에서 사태가 터지면? 아무것도 할 수가 없지 않은가?

"까다롭군요. 하지만 이해는 갑니다."

민간이 중요한 축을 담당한다고는 하지만 그 본질은 어디까지나 국토방위다.

그런 문제에 개나 소나 개인 자격으로 무장을 갖추고 설칠 수 있는 상황이라면 사회 분위기는 지금과는 비교도 안 될 정도로 막장일 것이다. 이미 문명국가라고 할 수 없는 수준까지 떨어져야 하지 않을까?

"그래서 나는 용우 씨가 영입 제안을 받아들여 주셨으면 합니다. 하지만 상황을 이해하시고도 거절하신다면 프리랜서로 뛰시는 데 도움을 드리겠습니다. 크로노스 그룹에는 팀 크로노스 말고도 여러 헌터 팀들이 있지요. 그 헌터 팀들이 필요할 때마다 용우 씨에게 오퍼를 넣도록 하겠습니다."

"왜 이렇게까지 제게 호의를 보이십니까?"

용우는 의아함을 참지 못하고 물었다.

그가 조카의 유품을 전해주고, 죽음을 전해준 것에 감사한다는 사실은 알겠다. 하지만 그것만으로는 지금 제안하는 호의를 받아들이기 어려웠다.

"오늘 있었던 일에 대한 고마움 때문만은 아닙니다. 그건 물론 개인적으로는 백번 감사해도 모자랄 일이라고 생각합니다만, 나는 회사를 운영하는 몸이고 지금 용우 씨에게 말씀드리는 것은 사업 문제니까요."

"제게 그 정도로 사업적인 가치가 있다고 보시는 겁니까?"

"객관적으로 볼 때, 배틀 힐러라는 것만으로도 최소한 연봉 40억 이상의 가치는 있습니다. 그 자질을 가졌다는 것만으로도 말이죠. 그리고 용우 씨는 단순히 자질을 가진 수준이 아니라는 것을 증명해 보였고."

"그걸로 연봉 60억이나 70억쯤은 된다고 치고, 아무런 실적도 없는 상황에서 100억이 되는 근거는 뭡니까?"

"당신이 올라운더라는 점입니다. 지금 헌터 업계에 올라운더는 존재하지 않아요. 유니크하지요."

1세대와 2세대 중에는 있었다. 올라운더라 불리는 존재가.

하지만 그들은 스펠 트리를 잘못 타서 '어설프게 이것저것을 할 수 있는' 각성자들일 뿐, 제대로 된 전력이 못 되었다.

그에 비해 용우는 올라운더이면서도 각 분야에 특화된 베테랑 이상의 능력을 가졌다.

국내 유일의 배틀 힐러인 지윤호와 동급의, 아니, 사실은 그보다 더 뛰어난 능력을 가졌음을 보여주었으며 무투파 헌터들을 어린애 손목 비틀듯 쓰러뜨렸다.

"세대가 거듭날수록 각성자의 능력이 향상되고 있지만, 그럼에도 아직까지 세상에는 손도 대지 못한 위협들이 존재합니다."

이미 산재한 위험들만 봐도 그런데 시간이 지날수록 인류 앞에 들이대어지는 위험의 수위가 높아지고 있다.

"대책이 필요합니다. 난 한국에서 1, 2위를 다투는 정도가 아니라 압도적인 전력으로 재앙을 공략할 수 있는 팀을 만들고 싶습니다. 그리고 그 목표를 위해서는 용우 씨, 당신이 꼭 필요하다고 생각합니다."

"그러면 제가 프리랜서로 일하는 걸 도와주면 안 되는 것 아닙니까?"

"계약으로 붙잡을 수 없다면 마음이라도 붙잡아야겠죠. 내가 이렇게 도와드리는데 우리 회사의 일을 우선적으로 생각해주시는 정도의 배려는 해주실 거라고 기대합니다. 그리고……."

백원태의 입가에 걸린 미소가 싸늘해졌다.

"사심도 꽤 많이 들어 있습니다. 나는 용우 씨가 말한 목표에 공감하고 있으니까요. 만약 당신이 진실을 밝혀낸다면 그때는 저도 그것을 공유받을 수 있었으면 좋겠군요. 동맹으로서 말입니다."

솔직한 백원태의 말에 용우가 씩 웃었다.

"좋습니다. 호의를 받아들이죠."

"알겠습니다. 내일 우리 회사에 와주십시오. 장비 구매에 도움을 드리겠습니다."

"장비라……."

용우의 눈이 흥미로 빛났다.

각성자의 능력을 최대한으로 살려주는 헌터들의 전투장비에는 큰 관심이 있었다.

"장비를 개인적으로 구매하기도 어려운 일입니다. 헌터들의 장비는 스포츠 용품과는 달라서 일반인이 쇼핑몰에서 살 수 있는 게 아니니까요. 인맥이 없으면 애당초 장비 구매부터가 어렵습니다."

그 말에 용우는 자신의 현실 인식이 너무 물렀다는 사실을 인정할 수밖에 없었다.

스스로가 각성자로서의 능력이 뛰어나다는 점을 확신했으니 혼자 하면 된다고 생각했는데, 21세기 현대사회는 무법 지대였던 어비스와 달리 많은 제약들이 따라붙었다.

'하긴 그러니까 문명사회인 거지만.'

법이고 뭐고 힘 있는 놈들이 아무 제약 없이 그냥 하고 싶은 대로 할 수 있는 세상은 문명사회가 아니라 야만이라고 부른다.

"프리랜서로 활동하시겠다고 했으니 그 부분에 대해서는 구매처를 연결해 드리는 것까지만 하겠습니다. 어때요? 벌써부터 돈이 필요한 일이 생기지 않습니까?"

"그렇군요."

용우가 쓴웃음을 지었다.

관련 지식이 없어서 헌터용 장비를 갖추는 데 돈이 얼마나 깨질지 전혀 짐작이 안 된다. 백원태에게 받은 15억 원을 돌려줬으면 큰일 날 뻔했다.

"대신 한 가지 들려줬으면 좋겠군요. 왜 그렇게까지 혼자를 고집하는 겁니까? 당신의 능력이 뛰어나다고는 하지만 혼자서 일하기는 어려운 업계임을 알았을 텐데요."

그 질문에 용우는 잠시 생각을 정리한 다음 차분하게 대답했다.

"예전에 저는 집단에 소속되어본 적이 있습니다."

그것은 지구에서의 경험담은 아니다. 어비스에서의 이야기다.

"어비스는 혼자서 헤쳐 나가기에는 너무 험난한 세상이었으니까요. 울타리를 필요로 하는 사람들이 많았고 저도 그중 한 사람이었죠."

워낙 흉흉한 세상이었기에 여럿이 뭉쳐서 집단을 이루는 것은 중요했다. 그러지 않고서는 생존하기 어려웠으니까.

하지만 집단은 특정한 성향을 갖기 마련이다. 개개인의 뜻과는 상관없는, 집단 그 자체를 대변하는 이념을 가질 수밖에 없고 용우가 속한 집단 역시 마찬가지였다.

"저는 딱히 집단의 이념에 동의하지 않았습니다."

하지만 외부인들이 보기에는 상관없었다. 집단의 울타리 안으로 들어간 순간, 집단의 이념에 동의하든 말든 집단의 일원으로 취급받는다.

외부에서 보는 것은 용우의 의사가 아니라 집단이 내세우는 총의(總意)였으니까.

"어디나 그렇겠죠. 모두 그렇게 살아갈 겁니다. 하지만……."

문제는 그곳이 어비스였다는 것이다.

집단의 이념은 수많은 피와 죽음을 불러왔다. 구성원의 희생을 강요했다.

"그런 경험을 하고 나니… 어디 소속된다는 걸 가볍게 볼 수가 없군요. 이해해 주시면 감사하겠습니다."

"그랬군요. 말해줘서 고맙습니다."

백원태가 고개를 끄덕였다. 그런 경험이 있다면 용우가 어려움을 무릅쓰고 혼자를 고집하는 것도 납득할 만했다.

"혹시 지금까지 말한 것 외에 개인적으로 필요한 도움이 있다면 말씀해 주십시오."

"지금 말씀하신 것만으로 충분하다고 하고 싶은데… 이야기를 듣다 보니 하나 더 필요한 게 생각나는군요."

"뭡니까?"

"그건……."

용우의 요구 사항을 들은 백원태는 흔쾌하게 도움을 약속했다.

Chapter6

게이트 브레이크

1

팀 크로노스의 본사는 서울 마포구에 위치해 있었다.

용우가 실종된 2012년이었다면 이만한 위세를 지닌 회사의 본사 빌딩은 강남에 있었으리라.

그러나 강남은 퍼스트 카타스트로피 때 한차례 대파괴를 겪었고, 그 후로도 서울에서 가장 자주 게이트가 출현하는 지역이 되면서 땅값이 폭락해 버렸다.

'내가 알던 그 동네가 아니군.'

실종되기 전, 용우는 홍대나 합정 쪽으로는 자주 놀러 나왔었다.

하지만 지하철을 타고 나와 보니 그가 기억하던 모습은 흔적도 찾아보기 어려웠다. 그 사실이 좀 씁쓸하게 느껴졌다.

크로노스의 빌딩은 이 땅값 비싼 동네에 엄청 넓은 부지를 차지하고 있었다.

외부에는 성벽처럼 높다란 벽을 그럴싸한 디자인으로 치장해서 둘러쳐 놓았고 서로 높이가 다른 여러 개의 건물을 하나로 묶어놓았으며, 본사 건물과 벽 사이로도 4개의 작은 빌딩들이 동서남북을 에워싸듯이 배치되어 있었다.

"저 벽은 뭡니까? 그냥 폼인가요?"

용우가 안내역으로 나온 직원에게 묻자 그가 웃었다.

"게이트 브레이크에 휘말릴 경우를 대비한 방어벽입니다. 사이사이에 구멍이 뚫려 있는 건 평시라 그렇고, 유사시에는 다 메꿔지는 것은 물론이고 바깥쪽에 외벽이 올라와서 한 겹 더 둘러지게 되어 있죠."

"호오."

"헌터 팀들의 본부는 번듯한 기업 건물처럼 보여도 본질적으로는 군사시설이니까요. 물론 유사시에는 시민들의 피난처 역할도 수행할 수 있도록 설계되었고요."

"그렇군요. 훌륭하군."

15년간 달라진 세상의 상식을 일깨워 주는 건축물에 용우는 감탄을 숨기지 않았다.

곧 엘리베이터가 사장실이 있는 최상층에 도착했다.

백원태가 미소 지으며 용우를 반겼다.

"환영합니다, 용우 씨. 어떤가요? 우리 본사를 본 감상은?"

"굉장하군요. 미래에 왔다는 실감이 듭니다."

"15년 동안 세상이 많이 변했죠. 뭔가 마시겠습니까?"

"커피로 부탁합니다."

곧 비서가 가져다준 따뜻한 커피를 마시면서 백원태가 말했다.

"부탁한 것들은 전부 준비해 놨습니다. 장비는 장비 관리부에 가서 카탈로그를 보면서 선택하면 될 겁니다. 그런데 정말 공방을 소개해 줄 필요 없겠습니까?"

백원태는 용우에게 우수한 장비를 제작하는 공방을 소개해 주려고 했다.

크로노스 그룹은 헌터 장비 사업에도 손을 대고 있기에 자체적으로 생산하는 규격품을 팀 크로노스에서도 쓰고 있다.

하지만 그들은 장비 공급처를 그것으로 한정하지 않는다.

팀 크로노스 자체적으로도 장비 개발부가 존재하고 있으며, 외부에 실력이 뛰어난 장인들이 모인 공방과도 계약을 맺고 장비를 납품받고 있었다.

그런 공방과 거래를 할 경우에는 규격품이 아니라 철저하게 개인화된 장비를 맞출 수 있다는 것이 장점이다. 베테랑 헌터들 중에는 거의 변태 같은 사양의 전용 장비를 쓰는 이들이 많았다.

"나중에는 부탁드리게 될지도 모르겠습니다만, 지금은 규격품이면 충분합니다. 팀 크로노스가 채택할 정도면 어쨌든 다들 품질은 보장된 것들 아닙니까?"

"그렇지요. 내가 아내에게 타박을 받으면서도 장비품 퀄리티 문제만큼은 확실하게 하고 있습니다."

백원태가 웃었다.

팀 크로노스에서 쓰는 모든 장비를 크로노스 그룹의 생산품으로 하자는 이야기는 꽤 나왔지만 백원태는 그 점에 대해서는 바늘구멍 하나 찾을 수 없는 태도를 보이고 있었다.

곧 백원태가 용우와 함께 장비 관리부로 향했다.

"사장님이 직접 안내해 주시는 겁니까?"

"개인적으로 흥미가 있어서 일정을 비웠습니다. 부담되십니까?"

"아뇨. 괜찮습니다. 오히려 처음 보는 사람보다 낫죠. 제가 낯을 좀 가리거든요."

용우는 백원태가 마음에 들었다.

2세대 각성자인 그의 나이는 45세.

용우의 사회적 연령이 38세라고 해도 확실히 연상이다. 게다가 대기업 사장이라는 것까지 생각하면 한국 사회 특유의, 나이가 많고 사회적 지위가 높다는 이유로 연하의 상대를 낮춰 대하는 태도가 나오는 쪽이 더 자연스러울 것이다.

하지만 백원태는 용우를 대등한 인격체로 예의를 갖춰 대하고 있었고, 그 점이 용우에게 큰 호감을 불러일으켰다.

"여깁니다. 부서마다 건물이 다른 경우가 많아서 꼭 5층까지는 내려와서 이동해야 하니 좀 번거롭죠. 하지만 건물마다 기능을 특화해서 짓다 보니 어쩔 수가 없더군요."

백원태가 웃으며 설명했다.

장비 관리부는 사장실이 있는 건물과는 다른 건물에 있었다.

용우는 대형 물류 창고처럼 보이는 장비 관리부를 보며 놀람을 금치 못했다.

"대단한 규모군요. 팀 크로노스에서 이 장비들을 다 씁니까?"

"물론 각성자보다는 비각성자들의 장비가 더 많습니다. 하지만 기본 장비들은 공용이니까요."

헌터라는 직업군은 각성자로만 이루어진 것이 아니다.

각성자는 전 세계에 2년마다 2만 명 미만으로밖에 공급되지 않는 희소한 인적 자원이다.

이들 중 헌터가 되어서 지속적으로 활동하는 이들의 비율은 80% 정도이며, 시간이 흐르면서 계속 전사자와 은퇴자가 발생해 왔다.

당연히 각성자 헌터만으로 전 세계를 커버하는 것은 절대로 불가능하다.

시스템이 제대로 갖춰진 헌터 팀이라면 각성자보다 일반인 헌터의 수가 훨씬 많다.

그러나 누가 봐도 기업이 사병을 거느린 것으로 보일 수 있기에 이에 대해서는 특별법에 따른 복잡한 행정적 명분이 주어져 있기도 했다.

"대응 시스템이 갖춰지고 몬스터를 상대하기 위한 장비들도 개발된 지금, 2등급 몬스터 무리까지는 분대급 화력으로도 안

전하게 잡을 수 있습니다.”

일반인 헌터들에게 주어진 역할은 1, 2등급 몬스터를 쓰러뜨리는 것과 각성자 헌터를 전술적으로 서포트하는 것이었다.

“용우 씨가 실종된 15년 동안 전투 병기 중에 가장 발전한 것이 무엇일 것 같습니까?”

“무인 병기?”

용우는 지구로 돌아오자마자 목격한 전투의 기억을 떠올렸다.

전장에서 활약하는 무인 병기들은 자신이 머나먼 미래로 온 게 아닌가 하는 착각을 불러일으킬 정도로 뛰어났다.

“그렇습니다. 무인 병기야말로 대(對)몬스터 전투의 핵심이죠.”

전장을 입체적으로 파악하고, 전술적 포인트에 인간이 도달하기 전에 물자를 공급한다.

일반인 헌터들과 함께 저등급 몬스터들을 사냥하거나, 몬스터를 원하는 지점으로 몰아가는 등의 서포터 역할도 톡톡히 한다.

“그래서 국방부도, 헌터 팀들도 무인 병기에 막대한 투자를 하고 있습니다. 무인 병기 조종사들도 높은 대우를 받고 있고.”

무인 병기라고 해서 명령 한마디만 내리면 인공지능이 알아서 조종해서 뚝딱 결과를 내주는 그런 물건이 아니다.

상황이 명쾌할 때라면 단순한 행동은 자동조종으로 시킬 수 있지만 변수가 많은 상황에서 신속하게 작전을 수행하려면 전문적인 교육을 받은 인간 조종사의 존재가 필수였다.

"헌터로 일하기 위해서는 무인 병기에 익숙해져야 합니다. 무인 병기와 함께 싸우는 방법을 알지 못하면 제대로 된 헌터가 될 수 없죠."

백원태가 빙긋 웃었다.

곧 용우는 미리 준비하고 있던 장비 관리부의 인원에게 장비들을 추천받았다.

'정말… 중세 판타지 시대에서 생존 투쟁하다가 갑자기 SF 시대로 내던져진 기분이군.'

용우는 어비스에서야 냉병기로 싸웠지만 그 전에는 군대에 다녀온 경험이 있다.

하지만 장비 관리부에서 추천해 주는 장비들을 보니 정말 이런 게 존재했나 싶은 것들이 하나둘이 아니었다.

'하긴 난 스마트폰 적응도 어려워하고 있으니.'

지구로 돌아온 지 일주일이 지난 지금까지는 뭘 봐도 놀람의 연속이었다.

용우는 자기가 없는 동안 세상이 저 멀리 나아가 버리고 혼자 남겨진 기분을 느끼고 있었다.

대실종이 일어난 2012년은 한창 스마트폰이 활발하게 보급되던 시기였지만 용우는 그때까지도 폴더폰을 썼었다. 그래서 스마트폰이 워낙 낯설어서 여동생에게 옛날 휴대폰 같은 건 없냐고 물어봤다가 노인네 취급을 받았던 것이다.

하지만 아무래도 헌터로 활동하려면 첨단 기술에 익숙해지는 것은 필수 사항인 모양이었다.

'안 되지. 벌써부터 나이 먹고 머리가 굳은 기분이라니.'

서류상으로는 38세라지만 용우 자신이 느끼기에는 26세다.

그런데 벌써부터 학습 능력이 떨어져서 변해 버린 시대를 따라가지 못해서야 되겠는가?

'최대한 빠르게 이 시대의 전투에 적응해 주지.'

용우는 자신에게는 너무나 낯설지만 동시에 남자의 로망을 불태우는, 반짝반짝한 현대 병기들을 보며 의욕을 불태웠다.

2

"사장님, 이 사람 정체가 대체 뭡니까?"

팀 크로노스에서는 은퇴한 헌터들을 다른 역할로 고용하는 일이 흔했다.

예를 들면 지금 백원태와 함께 있는 전술 교관은 팀 크로노스 소속의 3세대 각성자 헌터로 2년 전 큰 부상을 입고 현역에서 은퇴한 인물이었다.

현재는 팀 크로노스의 전술 서포터 및 전투 기술 교관으로 일하고 있는 그는 백원태 사장이 직접 부탁해 온 정체불명의 젊은 각성자를 훈련시키면서 놀람을 금치 못했다.

훈련을 시작했을 때만 해도 훈련자는 소총의 영점을 잡는 것조차 제대로 못했다. 사실 2시간이 지난 지금도 저격수로서의 자질이 뛰어나냐 하면 고개를 저을 것이다.

그러나…….

"이건 무슨… 트릭 사격을 위해 태어난 천재 같군요."

대신 그 어떤 자세에서도 사격을 성공시키고 있었다.

달리면서 쏘고, 언덕을 내려오면서 쏘고, 레펠링하면서도 쏘는데…….

그런데도 표적의 중심부는 못 맞힐지언정 표적 자체를 때리는 명중률은 굉장한 수준이다.

"좋은 저격수는 못 되겠지만 실전적으로 보면 고평가할 수밖에 없겠는데요, 이건."

"확실히 그렇지. 놀라워. 군 경험이 있다고는 하지만 징병제일 당시의 한국군 경험만으로 이렇게까지……."

백원태는 감탄보다는 재미있어하고 있었다.

그러자 교관이 놀라서 물었다.

"네? 징병제 시절 군 경험? 저렇게 젊은데요?"

용우는 아무리 봐도 20대 후반, 그 이상으로는 보이지 않는다.

그런데 징병제 시절의 군 경험이라니? 10년쯤 전의 이야기가 아닌가?

"보기보단 나이가 많은 분이다. 그리고 말했다시피 저분에 대한 건 당분간 비밀을 엄수하도록."

"아, 물론입니다. 숙지했습니다."

백원태가 이 교관을 고른 이유는 눈치가 빠르고 입이 무거운 사람이기 때문이다. 교관은 저 젊은 각성자에 대한 호기심을 접어두기로 했다.

이 훈련은 용우가 부탁한 사항이었다.

자신은 냉병기로만 싸우던 사람이라 현대 병기를 이용한 헌터의 전투법을 모른다.

그러니 무기에 대한 지식과 사용법 등 기본적인 사항을 교육받고 싶다고 부탁해 왔던 것이다.

그리고 백원태는 그 부탁을 최고의 환경으로 들어줄 수 있는 사람이었다.

"와……. 저거 뭡니까? 드론에 매달렸다가 뛰어내리면서 쏘는데 다 맞아?"

교관이 혀를 내둘렀다.

야외 훈련을 대체할 수 있도록 건설된 이 훈련장은 천장 높이가 14미터에 달하며 시가지도 일부 재현되어 있었다.

거기서 용우는 실로 놀라운 모습을 보여주고 있었다.

파쿠르처럼 벽이나 장애물을 뛰어넘고, 벽을 타고 달리다가 삼각 점프를 하면서 사격을 하는데 그게 움직이면서 지나가는 표적에 명중한다.

그것으로도 모자라서 서포트를 위해 날고 있는 드론에 한 손으로 매달린 채로 쏘고, 그대로 철봉을 잡은 것처럼 몸을 흔들더니 멀리 떨어진 빌딩으로 몸을 날린다.

일반인이라면 아무리 몸을 단련했다 해도 자살행위로밖에 안 보이는 행동이다.

하지만 용우는 아무런 주저함 없이 그런 행동을 하면서 사격을 가하고, 그 사격의 명중률이 70%에 달한다.

“세상에. 이게 진짜 두 시간 전까지만 해도 사격 영점도 제대로 못 잡던 사람이 맞나?”

베테랑 헌터였던 교관이 넋을 잃을 정도였다.

황당해하기는 백원태도 마찬가지였다.

‘서용우는… 진짜다.’

0세대 각성자는 사람들이 부풀린 환상 이상의 존재일지도 모른다.

용우의 훈련을 지켜본 백원태는 가슴이 두근거리는 것을 느꼈다.

‘그라면 우리가 넘을 수 없었던 벽 너머로 갈 수 있을지도 몰라.’

그것은 현역에서 은퇴한 후로는 처음으로 느껴보는 커다란 기대감이었다.

* * *

게이트 브레이크.

게이트가 출현하고 일정 시간이 지날 때까지, 정확히는 지구와 게이트 사이의 에너지 압력이 균일화될 때까지 게이트를 파괴하지 못하면 일어나는 현상이다.

게이트 너머에 존재하던 몬스터들이 일제히 지구로 쏟아져 나오는 것이다.

그런데 이 현상은 의외로 자주 일어나는 현상이었다.

물론 시가지 부근에서 이 사태가 자주 일어나는 게 당연했다면 시민들은 도저히 제정신을 유지하며 살 수 없었을 것이다.

게이트 브레이크가 자주 일어나는 지점은 재해 지역으로 명명된, 인간이 살지 못하는 지역이었다.

예를 들면 개성부터 시작해서 예전에 DMZ라 불렸던 지역이 그렇다.

한때 아름다운 자연환경을 자랑했던 구(舊)DMZ는 지금은 완전히 폐허로 변해 있었다.

10년 전 개성에 투하된 전술핵의 여파가 아직 남아서일까?

물론 아니다.

거주 불가능한 재해 지역이기에 헌터들의 공략 우선순위에서 완전히 밀려났고, 그래서 게이트 브레이크가 빈번히 일어나기 때문이다.

투두두두두!

헬기들과 드론들이 저고도를 날면서 중기관총을 난사한다.

광범위하게 설치된 전자파 울타리 너머에서 돌격해 오는 몬스터들을 막기 위해서였다.

투앙! 투아아아앙!

전차포와 다연발 로켓포가 화려하게 불을 뿜는다.

시가전에서 쓸 수 없는 육군의 화력이 쉴 새 없이 터져 나와서 구DMZ를 초토화시키고 있었다.

콰과과과광……!

하지만 육군이 타격하는 지역은 저지선을 중심으로 그 안쪽 일부뿐이다.

그 안쪽에서는 헌터들이 국군의 화력으로는 저지할 수 없는 진짜 위협을 상대하고 있었다.

"젠장! 지원은 아직인가?"

팀 크로노스의 제3부대는 궁지에 몰려 있었다.

구DMZ의 게이트 브레이크를 제압해 달라는 요청을 받고 출격한 것까지는 좋았다.

그들은 유능한 헌터들이었다.

국방부가 화력을 퍼부어서 시간을 벌고 있는 사이 빠르게 몬스터들을 등급별로 구분하고 처리하는 작업에 들어갔다.

그리고 게이트 브레이크를 제압하기 위해서 반드시 넘어야 하는 과정인 '코어 몬스터' 제압에 들어갔다.

코어 몬스터는 게이트의 코어를 가진 몬스터로 게임으로 치자면 보스 몬스터나 다름없는 존재다.

게이트에 진입했을 때도 반드시 처리해야 하는 대상이지만, 게이트 브레이크 때는 그 부담감이 게이트 진입 시와는 비교도 되지 않는다.

왜냐하면 게이트를 벗어난 코어 몬스터가 다른 게이트와 접촉하면 그 순간 연쇄적으로 게이트 브레이크가 일어나기 때문이다.

그리고 바로 그것이 팀 크로노스의 제3부대가 궁지에 몰린 이유였다.

한창 코어 몬스터와 교전 중일 때 가까운 지점에 새로운 게이트가 생성되는 바람에 전술 플랜이 쓰레기가 되고 말았던 것이다.

“혀, 형… 나 아무래도 여기까진가 봐.”

“야, 정신 차려! 조금만 더 힘내봐!”

그 상황에서도 첫 번째 코어 몬스터는 처리해 냈다는 점에서 그들의 유능함을 엿볼 수 있을 것이다.

그러나 그들에게도 두 번째 코어 몬스터를 상대할 힘은 없었다.

그러기는커녕 황폐해진 구DMZ 곳곳에 전투 수행 시 은폐물로 쓰라고 박아둔 강철판 뒤에 숨어서 필사적으로 발버둥치고 있을 뿐이었다.

“헉, 헉…….”

제3부대원들은 지쳤다.

강철판 뒤에 숨어서 코어 몬스터의 시야를 벗어났지만 적은 그것들만이 아니었다. 저등급 몬스터들이 무리 지어서 돌아다니다가 그들을 발견하고 달려들고 있었다.

“대장, 큰일 났어요.”

“왜? 증폭 탄두 떨어졌어? 내 거 아직 남았으니까…….”

“마력이 바닥났어요. 쥐어짜내도 안 나와요. 머리만 띵해지고…….”

“…….”

마력 고갈은 각성자 헌터들에게 있어서는 탄약이 떨어진 것보다 훨씬 더 심각한 사태였다.

마력이 없으면 아무리 좋은 장비를 들고 있어도 소용없다. 더 이상 몬스터에게 유효타를 먹일 수 없으니까.

"하, 미쳐 버리겠네요. 이미 포션도 써버렸는데……."

"드론은……."

콰아앙!

3부대장이 위를 올려다보는 순간, 그들을 지원하기 위해 다가오던 드론이 뭔가에 맞고 부서져서 추락했다.

"씨발."

3부대장이 절망 섞인 욕설을 내뱉었다.

저 코어 몬스터는 광학적으로 적을 판별하기에 보이지 않으면 공격이 날아오지 않는다. 하지만 일단 눈에 보이는 존재가 공격범위 안, 반경 2.5킬로미터 안쪽으로 들어오면 그 순간 탄환 같은 공격을 쏘아 보낸다.

이 공격의 위력은 대단해서 그들을 지원하던 드론과 무인전차들이 모조리 박살 나버렸다.

[3부대원들, 들리나? 통신 가능한가?]

그때 그들의 무전기가 울렸다. 3부대장이 달려드는 소형 몬스터들을 처리하는 사이 부대원이 반색하며 무전기를 잡았다.

"지원은? 지원이 오는 건가?"

[팀 이그나이트에서 지원 요청을 받아들여서 출격했다. 도착 예정 시간은 17분 후다.]

"……."

그 말은 무너지기 직전이었던 3부대의 멘탈을 박살 내는 일격이나 다름없었다.

"빌어먹을……."

다들 부상자를 데리고, 마력도 바닥을 보이는 상태로 흩어졌는데 이 상황에서 17분을 버티라고?

그들이 절망할 때 무전기에서 말이 이어졌다.

[하지만 30초 후에 선행 지원 병력이 도착한다.]

"30초 후? 어디 소속인가? 몇 명이나 오지? 대응 장비도 같이 투입되는 건가?"

그들을 궁지에 몬 코어 몬스터는 상대하기 까다로운 조건을 갖추고 있었다.

하지만 공략법이 나온지 오래이기에 대응 전술을 수행할 수 있는 장비만 있으면 충분히 공략할 수 있었다.

그들이 궁지에 몰린 것은 그 몬스터의 존재를 전혀 상정하고 있지 않다가 사고가 터져버렸기 때문이지 전술수행능력이 떨어져서가 아니다.

[한 명이다.]

"장난해?"

무전기를 붙잡고 있던 헌터가 폭발했다.

"한 명으로 뭘 어쩌라고! 우린 이제 마력도 탈탈 털려서 후퇴도 못 하고 있는데!"

[3부대원들, 백원태다.]

그때 무전기 너머의 목소리가 바뀌었다.

그것이 사장 백원태라는 것을 안 3부대원들이 흠칫했다.

[선행 지원 병력은 내가 보장하는 사람이다. 버텨라. 그가 갈 길을 열어줄 테니까.]

백원태의 말에 3부대원들은 잠시 멍청하니 무전기를 바라보았다.

그때였다.

"온다."

눈이 밝은 저격수 헌터가 하늘 높은 곳을 나는 비행체를 포착했다.

헬기가 아니다. 저 고도로 날고 있는 곳으로 보아서 팀 크로노스에서 운용하는 수직 이착륙 수송기이리라.

"저걸 출격시켰으면서 단 한 명만 실어 나르다니… 도대체 무슨 생각이지? 미친 거 아닌가?"

그 중얼거림은 3부대원들 모두의 공통된 의문을 표현하고 있었다.

*　　　*　　　*

서용우는 수직 이착륙 수송기에 탄 채로 태블릿을 보고 있었다.

자신이 투입될 전장의 정보를 빠르게 훑어보고는 조종사에서 말한다.

"뒤쪽, 열어주십시오."

원래 용우의 목소리 대신에 헬멧 안쪽에 설치된, 음성 변조기를 거친 굵은 목소리가 흘러나왔다.

"예?"

"여기서 내려가겠습니다."

용우가 몸을 일으켜서 뒤쪽으로 걸어가자 그와 함께 타고 있던 서포터가 놀라서 외쳤다.

"무립니다! 밑에 있는 코어 몬스터는 5등급 악마숲이에요! 이 수송기는 3킬로미터 위쪽을 날고 있어서 그렇지 반경 2.5킬로미터 안쪽으로 들어가면 곧바로……."

"중량 10킬로그램이 넘는 씨앗 포탄이 마하4로 날아오죠. 압니다."

용우는 헬멧을 써서 서포터는 그의 표정을 알아볼 수 없었다.

하지만 목소리를 들으니 왠지 굉장히 심드렁한 표정을 짓고 있을 것만 같았다.

"알고 있으니까 열어주시죠."

"그, 그렇지만……."

"빨리!"

용우가 재촉하자 서포터는 에라 모르겠다, 하고 문을 열어주었다.

후우우우우!

문이 열리자 미칠 듯한 바람이 휘몰아쳤다.

그러나 라이딩 슈트 위에 프로텍터를 덧붙인 것 같은, 헌터용 배틀 슈트를 입고 헬멧까지 쓴 용우는 그 바람에 개의치 않고 앞으로 나아갔다.

"잠깐! 당신, 낙하산 잊어버렸어! 그리고 무기는 왜 안 챙기고……!"

서포터가 기겁해서 외쳤지만 이미 늦었다.

용우는 이미 3킬로미터 고도를 날고 있는 수송기에서 낙하산도 없이 뛰어내렸다.

"야, 이 미친놈아!"

서포터의 공허한 외침은 미칠 듯한 바람 소리에 파묻혀 버렸다.

그리고…….

'쓸데없이 실랑이를 하느라 좋은 강하 포인트를 놓쳤군.'

낙하를 시작한 용우는 짜증으로 혀를 차고 있었다.

그가 노리던 것은 악마숲의 바로 위를 강습할 수 있는 위치였다.

악마숲의 씨앗 포탄은 정확도와 사거리, 위력을 고루 갖췄지만 인간에 비유하자면 정수리 위쪽에 해당하는 수직 각도에 취약함을 보인다.

하지만 서포터와 실랑이를 하는 바람에 가장 좋은 포인트를 놓쳤다. 이제 용우는 대각선으로 낙하해 가면서 악마숲의 대공방어를 뚫어야 한다.

'자.'

낙하 시작 후 5초도 안 되어서 전술 플랜을 결정한 용우의 눈이 악마숲에게로 향했다.

'헌터 데뷔전을 시작해 볼까?'

3

5등급 몬스터, 악마숲.

포격은 물론이고 웬만한 미사일을 맞아도 흠집조차 안 나는 움직이는 성채.

그 외형은 마치 숲의 일부분을 지반째로 들어낸 것 같다.

등 쪽에는 높이가 10미터를 넘는 나무 20여 그루가 우거져 있었고 그로부터 뻗어나간, 수십 개의 나뭇가지들이 촉수화되어 꿈틀거리고 있었다.

그리고 아래쪽으로는 암석이 지네처럼 수십 개의 다리 형태로 변형되어서 저 거체를 느릿느릿하게 이동시킨다.

'은신은 안 통하지.'

악마숲은 기본적으로 '눈에 보이는' 존재를 타게팅한다.

하지만 용우가 은신 간파 능력으로 은신을 꿰뚫어 보듯 악마숲 역시 같은 능력을 가졌다. 은폐물로 가리는 방법은 통해도 은신 스펠은 무용지물이었다.

'이제 사정거리에 들어왔다. 어디 쏴봐라.'

만약 악마숲이 아닌 다른 5등급 몬스터였다면 용우는 단신으로 맞설 생각을 하지 않았을 것이다.

그러나 악마숲이라면, 그리고 고공에서 강하하는 상황이라면 충분히 해볼 만하다.

용우의 경험상 악마숲은 보유 마력과 허공장의 견고함, 그리고 졸개들을 거느려서 군단을 이룬다는 점 때문에 5등급으로 분류되기는 하지만 본체의 전투능력만 보자면 공략하기 어렵지 않았으니까.

물론 저 나뭇가지 촉수에서 발사되는 씨앗 포탄 때문에 접근도 못 하고 있는 헌터들 입장에서는 그런 평가에 동의할 수 없을 것이다.

악마숲으로부터 뻗어 나온 수십 개의 나뭇가지 촉수가 전방위를 커버하면서 대공방어와 원거리 포격 양쪽을 수행한다.

그중 한 발이 마하4의 속도로 용우에게 날아들었다.

"아, 안 돼!"

지상에서 3부대원이 그 광경을 보고 비명을 질렀다.

백원태가 강하게 보증하기에 어떻게든 믿어보려고 했는데 저런 말도 안 되는 자살 돌격이라니?

투아아아앙!

그러나 다음 순간 일어난 일은 3부대원들이 자신의 눈을 의심케 만들었다.

"뭐, 뭐야?"

마하4로 날아간 씨앗 포탄이 용우에게 적중했다.

그런데 용우는 산산조각 나는 대신 약간 궤도가 꺾인 채로 떨어져 내리고 있었고, 씨앗 포탄은 그와 충돌한 지점에서 비껴 날아갔다.

"설마 저건……."

무슨 일이 일어났는지 알아본 것은 3부대장뿐이었다.

그가 교전 중이던 저등급 몬스터를 해치우고 몸을 돌리자마자 그 광경이 눈에 들어왔던 것이다.

"허공장? 체외 허공장 보유자라니 누구지?"

용우가 상시 자신의 몸을 뒤덮고 있는 허공장을 넓게 전개, 각도를 비스듬하게 바꿔서 씨앗 포탄을 비껴낸 것이다.

그리고 용우의 손에 마술처럼 소총 한 자루가 나타났다.

총신의 길이만 해도 1.5미터에 달하는, 개인화기라기에는 너무나 거대한 라이플이 홀연히 출현한 것이다.

"뭐야? 어디서 갑자기 저런 게 나타난 거야? 은신으로 숨기고 있기라도 했나?"

그들이 보고 있는 게 마술 쇼가 아닌지 의심되는 장면이었다.

파아아아앙!

순간 한 줄기 붉은 섬광이 지상에 내리꽂혔다.

용우가 대용량 증폭 탄두로 증폭된 원거리 공격 스펠을 발사한 것이다.

쿠콰콰콰콰……!

악마숲의 표면을 따라서 열파가 퍼져 나갔다.

저격수가 중얼거렸다.

"염동충격탄이 아니라 염동염마탄이잖아?"

그것은 염동충격탄보다 더 상위의, 고열을 동반하는 장거리 공격 스펠이었다.

"저격수가 저런 짓을 한다고? 대체 누구지? 어떻게 저럴 수 가……."

저격수가 경악했다.

그때 일격을 가한 반동으로 궤도가 비틀어진 용우는 짜증을 내고 있었다.

'이걸로도 안 뚫리나?'

시공의 보물고라는 스펠을 지닌 용우는 다른 헌터들과 달리 무기의 휴대성을 고려할 이유가 없었다. 아공간의 용량이 허용하는 한 그 어떤 무기든 넣어두고 쓸 수 있다.

그래서 가장 대용량의 증폭 탄두를 쓸 수 있는 대몬스터 저격총 '제우스의 뇌격'을 선택한 것인데…….

'제기랄. 이 거리에서, 그것도 위에서 아래로 내리꽂는 각도로 염동염마탄을 5배나 증폭해서 때렸는데 뚫리질 않다니.'

용우는 스스로의 컨디션이 정상이 아니라는 사실에 짜증을 냈다.

물론 다른 헌터들이 그의 심리를 알았다면 어처구니없어했을 것이다.

투아앙! 투아아아앙!

그가 태세를 바로잡고 제2격을 쏘는 것보다 악마숲이 더 빨랐다.

5개의 나뭇가지 촉수가 그를 겨누고 집중 포격을 퍼부었다.

—블링크!

그러나 씨앗 포탄들이 발사되기 직전, 그의 모습이 홀연히 사라지고 포격은 허무하게 빗나갔다.

"뭐야? 어디 갔어?"

3부대원들이 당황할 때 블링크로 100미터 떨어진 지점에 나타난 용우가, 악마숲이 그를 인지하기 전에 제2격을 날렸다.

—염동염마탄(念動炎魔彈)!

5천도의 초고열을 발하는 에너지 탄환이 악마숲을 때렸다.

콰아아아아!

제2격을 날린 용우가 총을 아공간에 처넣고는 대신 다른 무기를 꺼냈다.

3부대장이 믿을 수 없다는 듯 중얼거렸다.

"돌격창? 저건 또 어디서 나타난 거야?"

용우가 꺼내 든 것은 인간이 쓰기에는 너무나 거대해 보이는 중병(重兵)이었다.

중세시대의 기사들이 썼던 랜스를 훨씬 두껍고 무겁게 만들어놓은 각성자용 무기, 돌격창.

파지지직!

용우가 그것을 들고 마력을 주입하자 길이 5미터, 중량 49킬로그램에 달하는 꼬챙이 형태의 랜스가 푸른 스파크를 발하기 시작했다.

'놈의 시야가 회복되기 전에 끝낸다.'

퍼져 나가는 열파를 뚫고 용우가 낙하, 그대로 돌격창을 집어던졌다.

―초열투창(焦熱投槍)!

그것은 신체 능력이나 투창 기술을 초월하여 창을 '발사'해 주는 스펠이었다.

투아아아앙!

굉음이 청각에 도달했을 때는 이미 돌격창이 목표 지점을 강타한 후였다.

용우가 약해져서 출력이 부족함에도 낙하시의 가속에 위에서 아래로 내리꽂으면서 중력의 힘이 더해지자 초음속에 도달한 것이다.

"크……!"

1킬로미터나 떨어진 지점에 있던 3부대원들이 신음하며 주저앉았다.

돌격창이 초음속으로 내리꽂히는 순간 악마숲의 허공장이 가시화되면서 공간이 격하게 뒤흔들렸기 때문이다.

푸른 파문이 3킬로미터 저편까지 퍼져 나가면서 공간이 진동하는 가운데, 누군가의 외침이 울려 퍼졌다.

"뚜, 뚫었어!"

그 말에 다들 놀라서 악마숲을 바라보았다.

돌격창이 악마숲의 허공장을 뚫고 박혀 있었다.

"맙소사!"

3부대장이 입을 쩍 벌렸다.

미군의 벙커버스터가 직격해도 안 뚫리는 5등급 몬스터의 허공장을 단독으로 뚫다니?

돌격창을 초음속으로 내리꽂는 것만으로는 불가능하다. 거기에 스펠을 덧씌웠기 때문에 성공한 것이다.

'단독으로 저런 일이 가능하다니, 대체 누구지?'

국내에 저런 일을 해낼 수 있는 것은 그야말로 최정상급의 헌터들뿐.

하지만 3부대장이 아는 한 국내 최정상급 헌터들 중에 저렇게 다방면의 고위 스펠을 터득한 자는 없었다.

'아니, 그런 헌터는 전 세계를 통틀어서도 없어.'

그때였다.

우우우우우!

어느새 다시 제우스의 뇌격을 꺼내 든 용우가 커다란 섬광의 구체를 발사했다.

—거인의 주먹 망치!

직경 5미터에 달하는 커다란 빛의 구체가 돌격창의 자루 끝부분, 찌른 후에 때려서 박아 넣는 것을 전제로 설계된 넓적한 부분을 때렸다.

투아아아앙!

다시금 공간이 진동했다.

겨우 허공장을 뚫었던 돌격창이 악마숲의 본체 깊숙이 박혔다.

키에에에엑!

등장 이후 처음으로 악마숲이 비명을 지르며 몸을 흔들었다.

"좋아."

용우는 에어 브레이크 스펠을 낙하산 대용으로 써서 감속, 그대로 활강하면서 악마숲의 등 위에 착지했다.

'오기 시작했군. 하지만 이미 늦었어.'

용우는 악마숲 근처에 있던 몬스터들이 달려오는 것을 감지하고는 미소 지었다.

악마숲은 말하자면 항공모함에 가깝다.

벙커버스터 여러 발을 맞아도 멀쩡하게 버텨내는 방어력, 그리고 끔찍할 정도로 우수한 대공 방어력과 원거리 포격 능력을 자랑한다.

또한 많은 몬스터를 거느리고 그들에게 에너지 보급을 해줄 능력까지 있다.

그러나 부하 몬스터들이 전부 외부로 전개해 있을 때 위에 올라타면 그에 대응할 수단이 빈약해지는 것이다. 스스로에게 씨앗 포탄을 쓸 수도 없으니까!

용우가 기습적으로 하늘에서 강하하면서 공격했기에 악마숲에게는 대공 포격을 하는 것 말고 다른 대응을 할 여유가 주어지지 않았다.

뒤늦게 부하 몬스터들을 불러들였지만 용우는 이미 등에 올라탄 후다.

크으으으으!

물론 악마숲의 등이 완전히 무방비하지는 않았다.

외부로 나뭇가지 촉수를 뻗고 있는 20여 그루의 커다란 나무들의 둥치가 괴성과 함께 열렸다.

그리고 그로부터 나무로 이루어진 2미터 크기의 괴인들이 용우에게 돌격해 왔다.

“잘 왔다.”

용우가 아공간에서 소총을 꺼내서 그들을 겨누었다.

—염동염마탄(念動炎魔彈)!

고열의 에너지탄이 선두에서 달려오던 괴인을 관통하고 그 뒤쪽에게 박혀서 폭발했다.

키에에에엑!

열파가 숲을 휘감으면서 불길이 번져 나가자 악마숲이 비명을 지르며 몸을 뒤틀었다.

“21세기의 인류 문명은 참 대단하지. 안 그래?”

어비스에서였다면 이런 식으로 싸울 수는 없었으리라. 용우의 현재 상태로는 상당히 아슬아슬한 사투를 벌여야 했을 터.

하지만 팀 크로노스를 통해서 구입한 첨단 장비들은 그에게 너무나 수월한 전투를 가능케 하고 있었다.

콰콰콰쾅!

용우는 연달아 염동염마탄을 갈겨서 나무 괴인들은 물론이고 그들의 본체인 20여 그루의 나무들까지도 파괴했다.

밑동이 부러진 아름드리나무가 쓰러져서 불꽃에 잡아먹힌다.

쿠우웅!

나무들을 잃은 악마숲이 주저앉았다.

콰직……!

그리고 다른 몬스터들이 등으로 올라오기 전에, 용우는 새로운 장비 6개를 꺼내서 땅에 꽂아 넣었다.

그것은 언뜻 보면 돌격창을 2미터 길이로까지 소형화시킨 것처럼 보이는 장비였다.

다만 그것에는 별도의 동력원이 있었으며, 둥근 꼬챙이처럼 보이는 게 아니라…….

위이이이잉!

홈이 나선형으로 파인 드릴 형태를 하고 있었다.

또한 자루 끝에는 소형 제트 엔진이 달려 있어서 분사로 땅을 뚫기 위한 추진력을 얻는다. 그리고 힘차게 회전하는 드릴이 땅을, 정확히는 땅처럼 보이는 악마숲의 등껍질을 파고 들어간다.

"세상 정말 멋지군. 21세기는 최고야."

용우는 6자루의 드릴 랜스들이 자루 끝까지 박히는 것을 확인하고는 주변을 둘러보았다.

주저앉은 악마숲의 등 위로 몬스터들이 기어 올라와서 포효하고 있었다.

크아아아아!

"어, 그래. 안녕."

용우는 손을 한번 흔들어주었다.

—블링크!

그리고 그 자리에서 꺼지듯이 사라져 버렸다.

"……"

닭 쫓던 개 꼴이 된 몬스터들이 당황해서 주변을 둘러보았고…….

삑.

갑자기 기계음이 울려 퍼졌다.

삑, 삑, 삐비비비빅…….

연달아 울려 퍼지는 기계음이 점점 빨라지더니 이윽고 하나의 음이 되어 이어졌다.

꽈아아아아앙!

그리고 드릴 랜스에 설치된 폭탄이 일제히 폭발해서 그 자리를 날려 버렸다.

4

쿠과아아앙……!

주저앉은 악마숲의 등에서 폭발이 치솟았다.

드릴 랜스는 원래부터 대형 몬스터를 죽이기 위해 만들어진 무기다. 그렇기에 내장된 폭탄의 위력은 대단히 강력했다.

하지만 악마숲의 등짝을 전부 날려 버릴 정도는 아니다.

그것은 용우가 폭발 위력을 증폭시키는 스펠을 세팅해 두었기에 나온 위력이었다.

쏴아아아아아!

악마숲에서 새카만 연기가 간헐천처럼 힘차게 솟구쳤다.

그것은 악마숲의 코어가 부서졌을 때 일어나는 현상이었다.

즉, 방금 전의 공격으로 악마숲은 확실하게 죽은 것이다!

"……."

그 광경을 본 팀 크로노스의 3부대 헌터들은 다들 할 말을 잃어버렸다.

"…저게 말이 돼?"

저격수의 중얼거림이 모두의 마음을 대변하고 있었다.

용우가 강하를 시작하고 나서 악마숲을 쓰러뜨리기까지는 47초.

단 한 명의 헌터가 불과 47초 만에 5등급 몬스터를 쓰러뜨렸다.

아무리 악마숲이 군단의 요새 역할을 하기에 일단 접근전에 들어갈 수만 있으면 의외로 취약한 면모를 보인다고는 해도…….

'직접 봤는데도 믿을 수가 없군.'

어떻게 공략하는지 그 과정을 똑똑히 지켜봤으면서도 자신이 선 채로 꿈을 꾼 게 아닌가 의심하게 될 정도였다.

"팀 크로노스의 3부대 맞습니까?"

그들이 멍청하니 있을 때 옆에서 굵직한 목소리가 들려왔다.

목소리의 주인을 본 3부대원들이 얼어붙었다.

흙투성이가 된 헌터용 배틀 슈트를 입은 용우가 다가왔기 때문이다.

가장 먼저 침착함을 찾은 것은 역시 경험 많은 3부대장이었다.

"맞습니다."

"혹시 부상자가 있습니까? 치료 스펠을 쓸 수 있습니다."

"네? 설마 힐러십니까?"

부대장이 놀라서 물었다.

지금까지 보여준 스펠의 다양성만으로도 믿을 수가 없을 지경인데 거기에 치료 스펠까지 가졌단 말인가?

'이론상으로만 존재하던, 진짜 올라운더란 말인가?'

분석가들은 각성자 튜토리얼에서 포인트를 최대한으로 받아서 그 포인트를 모조리 투자하면 진정한 의미에서 올라운더가 될 수 있을 것이라고 말하고 있었다.

하지만 각성자 튜토리얼의 생환 확률이 60%에 달하는 지금도 그것은 실현 불가능한 탁상공론에 불과하다.

용우가 고개를 끄덕였다.

"예."

"어, 그럼 꼭 좀 응급처치를 부탁드립니다."

용우는 초주검 상태가 된 3부대원을 치료하며 말했다.

"제가 지원할 테니 일단 후퇴합시다."

"네? 아, 네."

용우가 동료를 치료하는 광경을 보며 잠시 넋 놓고 있던 3부대장이 퍼뜩 정신을 차리고 대답했다.

용우가 치료 스펠을 써서만은 아니다.

'응급처치가 아니라 치료를 했어. 복원 특성까지 가진 건가?'

딱히 의학적인 진단이나 조치 없이 그냥 치료 스펠을 펼쳤는데 부상자의 상태가 확연히 회복되고 있는 것이다.

"아직도 지원 부대가 올 때까지 15분은 남았는데 저도 악마숲을 죽이느라 마력을 많이 써서 여기서 버티고 있긴 힘들 것 같군요. 악마숲이 없으니 이제 무인 병기들의 서포트도 받을 수 있을 겁니다. 혹시 근처에 수송 가능한 이동 수단이 있습니까?"

"있습니다. 그쪽이 타고 오신 수직 이착륙선을 부르지요. 그런데 혹시 성함이……."

"음……."

용우가 그 말에 곧바로 대답하지 못하고 헬멧 안에서 쓴웃음을 지었다.

백원태와 합의한 사항을 떠올렸기 때문이다.

당분간 용우는 팀 크로노스의 일원들에게도 자신의 정체를 밝히지 않을 것이다. 정체를 감추기 위해서 헬멧 안쪽에 목소리 변조기까지 달았다.

그가 팀 크로노스와 협업할 때 스스로를 칭할 이름은…….

"코드네임 제로, 그냥 제로라고 불러주시죠."

왠지 자기가 말하면서도 얼굴이 뜨거워졌지만, 이미 백원태와 합의를 해버렸으니 어쩔 수가 없었다.

*　　　*　　　*

팀 크로노스의 사장, 백원태는 형용할 수 없는 감정의 충돌을 느끼며 전투 보고 자료를 보고 있었다.

홍분된다.

웃음이 나온다.

그러나 동시에 마음이 무겁다.

자신이 홍분했다는 사실에 크나큰 죄악감이 느껴질 정도로…….

'미치겠군.'

구DMZ에서 일어난 전혀 예상치 못한 연쇄 게이트 브레이크로 인해서 3부대에서 4명의 전사자가 나왔고 중상자들도 다수 발생했다.

경영자로서도, 그리고 인간적으로도 그들의 비극에 숙연함을 느끼는 상황이다.

그런데 그들을 전멸 위기에서 구원한 용우의 전투 기록을 보고 있자니 홍분을 억누를 수가 없다.

'악마숲을 혼자서, 그것도 47초 만에 잡다니.'

그 교전 기록은 다각도에서 촬영한 영상으로 남아 있었다.

하필 상대가 악마숲이라서 드론들이 접근하지 못하고 멀리 떨어진 곳에서 촬영했다는 점이 아쉬울 뿐이다.

그 영상이 담아내고 있는 교전 과정은, 백원태가 용우의 훈련을 보고 상상했던 것을 초월하고 있었다.

혹자는 용우가 해치운 것이 악마숲이라는 점을 들어 그의 능력을 폄하할지도 모른다.

악마숲은 5등급 몬스터 중에서는 강점과 약점 모두가 극단적으로 뚜렷한 존재니까.

가장 골치 아픈 부분은 마하4로 발사되는 씨앗 포탄이다.

이로 인해 악마숲은 악몽 같은 대공 방어 능력과 원거리 포격 능력을 겸비하기에 헌터들이 고등급 몬스터들을 공략할 때 필수적으로 거치는 화력 지원을 받기 어렵다.

5등급 몬스터 상대라면 일단 원거리와 중거리에서 벙커버스터를 비롯한 미사일과 포격으로 두들기고, 거리가 줄어들기 시작하면 무인 병기들의 공격으로 시선을 분산시키는 게 기본이다.

아무리 허공장이 물리 충격에 대해 엄청난 방어력을 보인다지만 그렇다고 해서 무한한 것은 아니었으니까.

일정 수준 이상의 타격을 계속 가하면 5등급 몬스터의 허공장도 조금씩 깎여 나가고, 그것이 헌터들이 접근전을 벌일 때 크나큰 유리함을 제공한다.

그러나 악마숲을 상대할 때는 그런 기본 전술을 쓸 수가 없다. 일단은 씨앗 포탄을 어떻게든 해야 하는 것이다.

'일단 미끼 포격으로 씨앗 포탄을 소모시킨 뒤 접근해서 싸울 수밖에 없지.'

하지만 이번에는 악마숲의 존재를 상정하지 않았기에 미끼 포격도 준비되지 않았다. 3부대가 궁지에 몰린 것도 어쩔 수 없는 일이었다.

'아무리 악마숲이 접근전에 취약함을 보인다고 하더라도 과연 서포트도 없이 혼자서 씨앗 포탄을 뚫고 들어가서 잡을 수 있는 헌터가 몇이나 될까?'

전 세계를 통틀어도 10명이 넘을지 의문이다.

'훈련 중에 측정된 용우 씨의 마력은 페이즈6 정도였지. 그런데 이런 일을 해내다니.'

각성자의 마력 기관은 근육이나 심폐 능력과 마찬가지로 지속적인 단련과 영양분 보충, 즉 마력 시술을 통해서 성장시킬 수 있다.

하지만 근육과 달리 성장 한계에 도달해서 그것을 넘어서는 것이 가능한데, 일반적으로 '한계 돌파'라 불리는 이 과정을 몇 번 거쳤느냐가 각성자의 마력 수준을 측정하는 기준이 된다.

처음 마력 기관을 생성한 단계를 페이즈1로 부르므로, 페이즈6이라고 하면 한계 돌파를 5번 성공한 수준이라는 뜻이다.

그리고 한국의 헌터들을 기준으로 볼 때 그 정도면 평균 수준에 불과했다. 뛰어난 헌터들은 대체로 페이즈7 이상이며, 공식적으로 기록된 한국 최고 마력 보유자는 페이즈11에 도달했으니까.

'그야말로 불가해한 전투 능력. 화력 중시형 장비를 썼고, 올라운더이기에 가능한 스펠 콤비네이션을 썼다고 하지만 수치상으로는 악마숲을 저렇게 쉽게 해치울 수가 없는데……'

백원태는 그 비밀이 용우의 허공장에 있으리라 추측했다. 분명 헌터 업계의 상식에 속하지 않는 활용법이 있을 것이다.

'헌터 관리부에서의 일을 수습하지 않았더라면 너무나 큰 것을 잃을 뻔했다.'

서용우의 존재는 첫날부터 정부의, 그리고 헌터 업계의 고위급 인사들에게 알려졌다.

하지만 그 정보가 더 확산되는 일은 없었다. 이제는 정말로 기밀 정보로 취급되고 있는 중이다.

'적어도 당분간은.'

언제까지 0세대 각성자의 존재를 비밀로 감춰둘 수 있을지는 알 수 없다.

그러나 헌터 업계의 고위층들은 일단 최대한 그 비밀의 유통기한을 늘리는 것에 합의했다.

'용우 씨가 연예인 타입이 아니라서 다행이야.'

용우가 관심을 갈구하는 타입이었다면 곤란했을 것이다.

실제로 헌터들 중에도 그런 타입이 꽤 많아서 방송 출연도 하고, 광고를 찍는 등 연예계 활동을 하는 이들이 적지 않으니까.

하지만 백원태를 포함한 업계 고위층에게는 다행스럽게도 용우는 그런 관심을 질색하는 타입이었다. 오죽하면 헌터로서의 데뷔전에서 코드네임 제로라는 장난스러운 가면을 쓰는 것까지 받아들였겠는가?

'그럼…….'

용우의 전투 기록을 태블릿이 마르고 닳도록 보고 또 보던 백원태는 사장으로서 처리해야 하는, 3부대에 대한 결재안이 올라온 후에야 흥분에서 벗어나 현실로 돌아올 수 있었다.

Chapter7
징크스

1

구DMZ에서 전투를 치르고 난 뒤 사흘 후.

용우는 다시금 마포구의 팀 크로노스 본사로 향했다.

목적은 두 가지였다.

일단 전투에서 써버린 소모품들을 보충해야 했고 장비도 점검받을 필요가 있었다.

"군대에서는 장비 점검도 다 스스로 알아서 잘했는데… 이건 뭐 배울 게 산더미군요."

용우가 한숨을 쉬었다.

아공간 때문에 쓰는 장비가 다양한 만큼 이 장비를 쓰고, 관리하는 것에 대해서 배울 것도 많았다.

"당분간은 우리 쪽에 맡겨두시고, 차근차근 배워 나가면 될 겁니다."

그런 용우를 보며 백원태가 웃었다.

장비 관리부에서 무기를 잔뜩 쇼핑한 용우는 백원태와 함께 다음 목적지로 향했다.

용우가 오늘 이곳을 방문한 두 번째 목적은 훈련이었다.

"내일까지만 참아주시면 좀 숨통이 트일 겁니다."

백원태의 말에 용우가 휴대폰을 들어서 시간을 확인하더니 물었다.

"이제 17시간 남았군요."

"예."

"사람들이 전부 카운트다운이 끝나기만을 기다리고 있는 것 같습니다. TV를 틀어보니 어디서나 특집 방송만 흘러나오더군요. 인터넷 포탈의 배너들도 죄다 그 내용만 띄우고 있고……."

"매번 그랬습니다. 아주 중요한 이벤트니까요. 인류 전체에게."

앞으로 17시간 후면 역대 7번째 각성자 튜토리얼이 끝나고, 거기서 살아남은 7세대 각성자들이 귀환한다.

그 사실을 알 수 있는 것은 '귀환 게이트'가 등장했기 때문이다.

이것은 '다른 세상으로부터 지구로 통하는 문'이라는 점에서 게이트와도 비슷한 구석이 있다.

각성자 튜토리얼이 끝나기 24시간 전이 되면 소환자들이 소속된 국가의 특정 포인트에 등장하여 카운트다운을 시작한다.

'정말 친절해. 그 이름만큼이나… 마치 게임처럼.'

용우는 그 시스템 너머에서 인간의 의지와 손길을 느꼈다.

확신이 깊어진다. 이 모든 것의 배후에는 인간, 혹은 최소한 인간에 가까운 지성과 감성을 지닌 존재가 있다.

"전에 말한 것처럼 7세대 각성자들의 신원 확인 절차에 용우 씨의 정보를 끼워 넣을 겁니다. 실종자 명단에도 넣어둘 거고요."

7세대 각성자들의 복귀와 동시에 서용우에 대한 본격적인 정보 조작이 시작될 것이다.

이것은 용우도 동의해서 진행되는 일이었다.

그도 자신의 존재가 불러일으킬 충격과 혼란을 이해했기 때문이다.

만약 0세대 각성자의 존재가 공론화되면 전 세계에서 엄청난 관심의 해일이 밀려들 것이다. 용우는 일상생활이 불가능할 정도로 수많은 사람들에게 시달리게 되리라.

'나도 그런 건 질색이지만 우희까지 피해 보게 만들 수는 없지.'

0세대 각성자에 대한 관심이 그저 말이나 나눠보자고 하는 수준에서 그친다면 다행이다.

하지만 그 이상으로 과격하다면?

그럼 용우의 혈육인 우희는 귀찮음이 아니라 안전을 걱정해야 하는 신세가 되고 말리라.

용우는 되도록 그런 일은 피하고 싶었다. 그래서 내심 이 나라를 떠서 미국으로 간다는 극단적인 길을 피할 수 있게 된 것에 대해서 백원태에게 감사하고 있었다.

"정보 조작이 끝나고 나면 용우 씨에게 크로노스 그룹에서 운영 중인 트레이닝 센터를 무제한 이용 가능 한 VVIP 회원권을 발급해 드리겠습니다. 그쪽에서도 정보 노출은 신경 써야겠지만 그래도 매번 이렇게 비밀 작전처럼 행동할 필요는 없어지겠지요."

용우의 존재는 팀 크로노스 내부에서도 극소수만이 알고 있는 기밀이었다. 그래서 팀 크로노스 본사의 훈련장을 이용할 때는 백원태의 전폭적인 배려가 필요했다.

일단 훈련장까지 가는 길에도 남들의 시선을 피해야 했고, 훈련장을 이용할 때는 반드시 일부 구획을 전세 내야 했기 때문이다.

이것은 배틀 힐러 지윤호 같은 팀 크로노스의 톱클래스 헌터들도 누리기 어려운 호사였고, 백원태에게도 꽤 부담스러운 일이었다.

"그 정도까지 해주실 필요는 없습니다. 거기 이용료 장난 아니던데……."

"하하하, 원래 중요한 거래처에 선물하려고 늘 특정 수량을 확보하는 거니까 부담 갖지 마세요. 용우 씨가 안 받으면 제대로 쓰지도 못할 사람들한테 갈 뿐입니다."

"알겠습니다. 감사합니다."

용우는 그의 호의를 받아들였다.

일반인만 해도 제대로 몸을 단련하기 위한 공간과 시설을 확보하기 어렵다. 인구 밀집도가 높은 도심에서는 더더욱. 그래서 그런 장소를 제공해 주는 서비스들이 잘되는 것 아니겠는가?

각성자라면 말할 것도 없다.

그들은 일반인 수준의 공간과 시설로는 제대로 훈련을 할 수가 없다.

각성자 대부분은 신체 능력 면에서 인간의 한계를 뛰어넘고 있으며, 마력을 이용하는 법까지 훈련해야 하기 때문이다.

그래서 헌터 관리부와 대기업들이 손잡고 이런 각성자들을 위한 트레이닝 센터들을 운영하고 있었다.

크로노스 그룹이 운영하는 트레이닝 센터는 그중에서도 최상급 시설이다. 단순히 각성자를 훈련시키는 데 그치지 않고 헌터들을 위한 전투 훈련까지 가능하다.

문득 용우가 물었다.

"그러고 보니 정보 조작을 마치고 나면 제가 코드네임 제로라고 하고 다닐 필요는 없어지겠죠?"

"아, 그거야 당연히 계속 활용해야지요."

"……."

"왜요? 마음에 안 드셨습니까?"

장난스럽게 웃는 백원태의 말에 용우가 한숨을 푹 쉬었다.

"어차피 7세대 각성자 서용우로 활동하면 딱히 그럴 필요 없지 않습니까?"

"그 신분으로는 용우 씨의 능력을 제대로 살릴 수가 없습니다. 며칠 전처럼 능력을 다 썼다가는 정보 조작이고 뭐고 다 소용없어진다는 거 아시면서 왜 그럽니까."

벌레 씹은 표정을 짓는 용우를 보며 백원태가 큭큭 웃었다.

7세대 각성자들은 분명 6세대 각성자들보다도 뛰어난 잠재 능력을 가졌을 것이다.

하지만 그들이 각성자 튜토리얼에서 아무리 뛰어난 성적을 거두더라도 용우처럼 진정한 올라운더의 힘을 지닐 수는 없다.

따라서 7세대 각성자로 위장한 서용우는, 7세대 각성자들을 기준으로 어느 정도의 능력을 보일지 설정해야 한다.

그리고 백원태는 이 문제에 대해서도 전폭적으로 도움을 줄 예정이었다.

팀 크로노스의 뛰어난 인력들이 7세대 각성자들의 데이터를 모으고, 분석해서 적절한 수준을 설정해 주리라.

"팀 크로노스의 사장 백원태가 한눈에 반해서 전폭적으로 지원하는 슈퍼 루키, 그 정도면 되겠죠."

"슈퍼 루키가 되기에는 제 나이가 너무 많은 것 같습니다만?"

"괜찮습니다. 원래 인생은 40부터예요. 38세면 젊죠. 뭐, 우리나라의 7세대 각성자 중에서는 제일 연장자이긴 합니다만……."

각성자 튜토리얼의 소환 대상자는 거의 대부분 10대 후반에서 30대 초반까지의 젊은 사람들이다. 이번에도 마찬가지였다.

하지만 언제나 예외는 있는 법이다. 희귀한 케이스에 들어가

긴 하지만 40대에 각성자 튜토리얼에 소환되어서 각성자가 되는 경우도 있었다.

“어쨌든 대외적으로는 제가 사정사정해서 크로노스 그룹을 우선해 주기로 했다더라, 그 정도로 광고할 겁니다. 걱정 마세요.”

“사장님 체면이 망가지지 않겠습니까?”

“그만큼 활약해 주시면 되죠. 난 용우 씨를 믿습니다.”

선글라스를 쓴 45세 아저씨의 그윽한 눈길에 용우가 정말 싫다는 표정을 지었다.

“하지만 정말 이게 용우 씨를 위해서도 최선일 겁니다. 계좌 보면 느껴지지 않습니까? 제로는 돈 쓸어 담는 괴물이 될 수 있어요.”

“그 점은 부정 못 하겠군요. 오늘 뜬 메시지를 보고 꿈속인 줄 알았으니.”

용우는 백원태에게 받은 15억 원으로 일단 여동생이 내준 마력 시술소 이용비 3천만 원부터 갚았다.

그리고 팀 크로노스를 통해서 헌터용 장비와 탄약을 구매하느라 2억 원 이상을 지출했고, 그 후로 백원태의 호의로 정부에 기록이 남지 않는 팀 크로노스의 마력 시술소를 한 번 이용하면서 3천만 원을 추가로 지출했다.

그런데도 오늘 팀 크로노스 본사에 오기 전 그의 통장 잔고는 다음과 같았다.

5,173,451,234원.

50억 원이 넘는 돈이 계좌에 들어 있었던 것이다.

그 대부분은 구DMZ에서 수행한 전투로 벌어들인 돈이었다.

백원태는 그가 팀 크로노스의 긴급 지원 요청에 응해준 것만으로도 1억 원이나 되는 돈을 지불했다. 그것만 해도 아직 용우가 아무런 실적도 없다는 점을 감안하면 실로 파격적인 액수였다.

하지만 그 돈도 악마숲을 쓰러뜨린 대가에 비할 바가 못 되었다.

5등급 몬스터는 그 자체로 재앙이다. 구DMZ에 나타났기에 망정이지 시가지에 출현했을 경우는 상상하기도 싫을 정도다.

당연히 잡는 것만으로도 국방부가 지불하는 포상금 액수가 크다.

팀이 나눠가져도, 지원하느라 소모되는 무인 병기와 탄약값을 빼고도 팀원 모두의 계좌가 풍족해질 정도인데 그걸 용우는 혼자 다 먹은 것이다.

거기에 팀 크로노스의 3부대원들을 데리고 후퇴하면서 추가로 몬스터들을 처치한 것에 대한 포상금도 더해지니 재산이 그야말로 폭증했다.

"그리고 아직 다 정산된 것도 아닙니다. 월말쯤에 기대해 보세요."

몬스터는 돈이 된다. 5등급 몬스터라면 그 가치가 얼마나 클지는 말할 것도 없다.

악마숲의 시체 그 자체도 막대한 가치가 있었고, 코어 몬스터로서 지닌 코어 파편과 마력석의 매매가 끝나고 나면 용우가 정산 받을 돈은 엄청났다.

"슬슬 세금 문제도 대책을 세워야 할 겁니다. 개인적으로 알고 지내는 세무사가 없다면 우리 세무 팀에서 최저 수수료로 맡아드리겠습니다."

"…그렇게 해주시죠."

설마 지구로 돌아온 지 한 달도 안 되어서 수십억대 수익에 대한 세금을 걱정하는 신세가 될 줄은 상상도 못 했다.

지극히 현실적인 문제를 앞두고 보니 백원태와 손잡은 게 정말 잘한 선택이라는 느낌이 든다.

'그러고 보니… 그것들은 어째야 하나.'

용우는 자신에게 현금화할 자산이 있다는 사실을 떠올리고는 눈살을 찌푸렸다.

2

용우의 아공간에는 어비스에서 가져온 물건들이 잔뜩 들어있었다.

그중에는 지구상에는 존재하지 않는 것들도 있었지만…….

"세상에. 오빠, 도대체 마력석을 얼마나 많이 갖고 있는 거야?"

지구에서도 큰 가치를 지닌 자원, 마력석도 있었다.

마력석은 일반적인 광물과는 달리 별도의 정제과정을 필요로 하지 않는다. 따라서 이 파르스름한 빛을 발하는 마력석들은 크기가 곧 가치였다.

그런 마력석이 거실에 쌓여간다.

주먹 크기의 마력석도, 그보다 2배는 더 큰 마력석도 수십 개씩 쌓이다 보니 정말 산더미 같다는 말이 어울린다.

우희에게는 현실감이 없는 광경이었다.

계속 마력석을 꺼내서 쌓던 용우가 말했다.

"역시 다 꺼내놓는 건 무리겠군."

"이게 다가 아니야?"

"아직 10분의 1도 안 꺼냈어. 한꺼번에 꺼내면 재난일 것 같아서 하나씩 꺼내고 있었는데… 안 되겠군."

"……."

"마지막에 폭발시킬 때도 엄청 많이 썼는데… 생각보다 많이 남았네. 원래는 이걸 현금화할 생각이었는데, 아무래도 관두는 게 낫겠지?"

"오빠 인맥을 생각하면 현금화하는 거야 가능하겠지만… 당장 돈이 급한 것도 아니니까 굳이 그럴 필요 없지 않을까?"

우희가 현실감 없는 목소리로 말했다.

확실히 용우는 구DMZ 지역에서의 전투 한번으로 돈 걱정을 할 필요가 없게 되었다. 용우에게 있어서 마력석이 전투자원이기도 하다는 점을 고려하면 지금 현금화를 하는 것은 어리석은 선택이다.

용우는 마력석들을 다시 아공간에 집어넣고는 다른 것을 꺼냈다.

"그건 뭐야?"

우희가 용우의 손에 들린 것에 시선이 못 박힌 채로 물었다.

주먹만 한 유리구슬처럼 보이는 물건이었다.

그러나 그 안쪽으로부터 붉은 기운이 안개처럼 꿈틀거리면서 안과 밖을 넘나든다. 그 몽환적인 느낌은 이상할 정도로 시선을 잡아끌어서, 용우가 아공간에서 꺼내는 순간부터 우희는 거기에서 시선을 떼지 못하고 있었다.

"스펠 스톤."

"이게?"

"리모트 힐이 담겨 있으니까 한번 써봐."

용우가 스펠 스톤을 건네주자 우희가 당황하며 물었다.

"어떻게 쓰는데?"

"쉬워. 거기에 마력을 주입하면서 내면으로 받아들이는 이미지를 떠올려봐."

우희가 그 말대로 따르자 스펠 스톤이 빛을 발하기 시작했다.

우우우우우!

공기가 진동하면서 스펠 스톤이 우희의 손 위에서 녹아서 흩어진다. 붉은빛의 기운이 우희의 몸 안으로 스며들고 있었다.

"아……."

우희는 낯익은 감각이 전신을 휘감는 것을 느꼈다.

이 감각은 처음이 아니다. 분명 예전에 느껴본 적이 있었다.

'각성자 튜토리얼에서!'

그곳에서 포인트를 지불하고 스펠을 얻었을 때와 동일한 감각이다.

한참 동안 그 감각에 취해 있던 우희는, 눈을 뜨자마자 어질거림을 느끼며 주저앉았다.

"아."

용우가 잽싸게 그녀를 붙잡아서 쓰러지는 것을 막아주었다.

"괜찮아? 마력이 좀 크게 소모됐을 거야."

"아, 그런 거 같아. 각성자 튜토리얼에서는 이렇지 않았는데……."

하지만 각성자 튜토리얼 내부에서 힘을 쓸 때의 감각은 지구에 돌아와서 힘을 쓸때의 감각과는 좀 다르다.

그쪽에서는 공간 전체에 참가자들을 보조하는 정체 모를 힘이 가득 차 있어서, 스테이지에 따라서 원래대로라면 마력 부족으로 쓸 수 없는 스펠을 쓸 수 있게 되기도 하고 터득하지도 않은 스펠을 잠깐 대여라도 한 것처럼 쓸 수 있을 때도 있었다.

"퇴근한 후라 다행이네……."

한순간에 마력이 절반 이상 소모된 것을 깨달은 우희가 실소했다.

"오빠, 그럼 내가… 이제 원격치료가 가능해진 거야?"

"그래. 시험해 봐."

"꺄악! 뭐 하는 거야!"

우희가 깜짝 놀라서 비명을 질렀다.

용우가 손가락으로 팔뚝을 긋자 칼로 찢긴 것 같은 상처가 났기 때문이다.

하지만 용우는 태연했다.

"치료해 봐."

"오빠, 아무리 힐러가 앞에 있다고 해도 이러면 안 돼."

우희는 용우를 한번 쏘아보았다. 같이 지내면서 생각한 건데 용우는 가끔씩 굉장히 비상식적인 행동을 할 때가 있었다.

"알았으니까 해봐."

용우가 귀찮아하며 재촉하자 우희가 정신을 집중해서 마력을 끌어 올렸다.

새로 익힌 스펠이 어떤 것인지 탐색해 볼 필요는 없었다.

각성자 튜토리얼에서 익힌 모든 것들이 그러하듯 이것도 자연스럽게 그녀의 뇌리에 각인되어 있었으니까.

—리모트 힐.

스펠이 발동하자 우희의 머리에 후광 같은 빛의 파문이 일었다. 그리고 일부러 2미터 이상 떨어져서 선 용우의 상처 부위에서도 빛이 일면서 급격하게 상처가 아물어가는 게 아닌가?

"와……."

자신이 해놓고도 믿기지가 않는지 우희가 탄성을 흘렸다.

상처가 다 치료되자 용우가 말했다.

"역시 힐러로 일한 경험이 있어서 잘하네. 스펠 스톤으로 스펠을 터득하는 건 마력 기관에 부담이 좀 있는 편이니까 다음은 사흘 후로 하자. 어차피 그 전에 대전에도 내려갔다 와야 할 것 같으니……."

"아, 7세대 각성자들 귀환 보러 간다고 했었지?"

"백 사장님이 같이 가자고 성화라서. 어쨌든 사흘 후에 복원 특성을 습득하는 걸로 하자고."

"응?"

용우가 아무렇지도 않게 던진 말에 우희가 눈을 휘둥그레 떴다.

"지금 뭐라고 했어?"

"사흘 후에 복원 특성 습득하자고."

"잠깐. 잠깐만 타임."

우희는 혼란스러웠다.

"스펠 스톤으로는 스펠만 익힐 수 있는 게 아니었어?"

"이름 때문에 오해하기 쉽지만 특성도 익힐 수 있어. 안 그랬으면 내가 어떻게 특성을 터득했겠냐?"

용우가 심드렁하게 대답했다.

그가 어비스에서 손에 넣은 다양한 특성과 수많은 스펠은 모두 스펠 스톤을 통해 터득한 것이다.

"어, 하지만 복원 특성이라니… 그걸 익히면 난 힐러 등급이 올라가 버리는데……."

복원 특성은 힐러의 격을 최고로 높여주는 특성이다.

이 특성을 획득한 힐러들은 환자를 치료할 때 의학적 문제에 대한 고려가 거의 불필요하다.

그저 환자와 상처를 타게팅하고 스펠을 발동하면 '육체가 돌아가야 할 올바른 상태'로 회복시키기 때문이다. 몸에 박혀 있는 이물질조차도 알아서 빠져나오기 때문에 신경 쓸 필요가 없는 것이다.

용우가 말했다.

"올리면 되지."

"다른 사람들한테는 뭐라고 말해? 내 능력이 어느 정도인지는 다들 알고 있는데……."

"뭐가 걱정이야? 각성자 튜토리얼에서 귀환할 때부터 있었던 특성이지만 쓸 수가 없었고, 그런데 나한테 코치를 받다 보니 뒤늦게 개화했다는 식으로 둘러대면 되지 않을까? 백 사장님한테 부탁하면 헌터 관리부 쪽을 이용해서 일종의 희귀 사례로 처리할 수 있을 것 같은데?"

"……."

우희는 그게 말이 되는 소리냐고 하고 싶었다.

'근데 될 것 같아.'

정말로 그렇게 하면 해결이 될 것만 같아서 뭐라고 할 수가 없었다.

황당해하던 우희가 물었다.

"오빠. 혹시 오빠는 마음만 먹으면 일반인도 각성자로 만들 수 있는 거 아냐?"

“아니, 그건 불가능해. 일반인에게 마력 기관을 형성시키는 방법은 모르거든. 어비스에서는 그럴 일도 없었고, 연구할 필요도 없는 일이었으니까.”

“그럼 지금 오빠 아공간이 있는 스펠 스톤만큼의 특성과 스펠을 각성자들에게 주고 나면 끝이겠구나.”

“음? 아닌데?”

용우가 무슨 말을 하냐는듯 묻자 우희가 어리둥절해했다.

“그럼?”

“스펠 스톤이야 필요하면 내가 또 만들 수 있어. 마력석만 있으면 되는데 마력석이야 넘치도록 많으니까…….”

“…….”

그 말에 우희는 잠시 멍청하니 용우를 바라보다가 외쳤다.

“진짜로?!”

우희는 용우에게는 그야말로 헌터 업계의 파워 밸런스를 자기 뜻대로 조율할 힘이 있음을 깨닫고는 돌처럼 굳어버렸다.

*　　　*　　　*

7세대 각성자들의 귀환은 전 세계가 주목하는 빅 이벤트였다.

소환된 자들의 혈육과 친지들을 중심으로 수많은 이들이 귀환 게이트 앞으로 모여들어서 카운트다운이 끝나기를 기다리는 광경은 그 자체로 축제나 다름없었다.

다만 그 축제에는 기쁨만이 있지 않으리라.

기다리던 사람이 살아 돌아온 것에 환호하는 사람만 있는 게 아니라 죽어서 돌아오지 못한 것에 슬퍼하는 사람도 있을 테니까.

그것은 마치 전쟁이 끝난 후의 풍경과도 비슷하리라.

"엄청난 인파군……."

귀환 게이트의 생성 위치는 매번 달라진다.

지난번에 한국의 귀환 게이트가 생성된 지역은 서울 용산구였는데 이번에는 대전이었다.

그래서 용우는 대전에 와서 고층 호텔 옥상에서 귀환 게이트를 내려다보고 있었다.

대전에 귀환 게이트가 형성되는 순간, 열차표가 엄청난 기세로 매진되었기 때문에 대중교통을 이용해야 했다면 오지 못했을 것이다.

그러나 백원태가 수직 이착륙 수송기를 타고 대전으로 오는 김에 같이 가자고 제안해서 따라왔던 것이다.

즉, 용우가 호텔 옥상 위에 있는 헬기포트에서 아래를 내려다보고 있는 것도 적법한 상황이라는 뜻이다.

용우는 내려가서 귀환 게이트와 접촉해 보고 싶은 마음이 있었지만 인파를 보니 그럴 의욕이 싹 달아나서 높은 곳에서 내려다보기를 선택했다.

귀환 게이트는 마치 홀로그램 같았다.

허공의 한 지점에 빛으로 그려진 원, 그리고 그 한복판에 떠

올라 있는 카운트다운 타이머.

'게임에서 적당히 소스를 베껴온 것 같은 싸구려 디자인이야. 디자이너가 어떤 놈인지 모르겠지만 적어도 디자인을 전공한 작자는 아니겠어.'

용우는 냉소적으로 생각했다.

이제 채 10분도 남지 않았다.

타이머의 숫자가 00 : 00 : 00로 변하는 순간 7세대 각성자들의 귀환이 시작된다.

두두두두두……!

그때 매끈한 실루엣을 자랑하는 헬기 한 대가 내려오기 시작했다.

포트 끝의 난간에 몸을 걸치고 있던 용우는 헬기가 발생시키는 기류에 머리칼이 휘날리자 눈살을 찌푸렸다.

옥상 포트의 빈자리에 헬기가 내려선다. 그리고 그로부터 회색 슈트를 입은 남자가 내렸다.

"실례합니다."

남자는 내리자마자 용우를 향해 걸어왔다.

180센티를 넘는 장신에 수염을 멋지게 기른, 세련된 용모의 남자였다. 나이는 30대 중후반 정도일까?

"혹시 서용우 씨 맞습니까?"

"그렇습니다만."

백원태는 이 호텔 세미나실에서 헌터 관리부 장관을 만나느라 자리에 없었다.

그런데 척 봐도 사업가로 보이는 남자가 등장하다니, 완전히 이 틈을 노리고 있었다는 느낌밖에 안 든다.

"만나서 반갑습니다. 다니엘 윤입니다."

그가 매력적인 미소를 지으며 명함을 건넸다.

명함에 적힌 그의 직함을 본 용우가 놀랐다.

팀 이그나이트 CEO 다니엘 윤.

한국 헌터 업계의 최고봉은 팀 크로노스와 팀 블레이드, 두 헌터 팀이 차지하고 있다.

그리고 팀 이그나이트는 둘 바로 밑에 자리한, 지난 7년간 한국 헌터 업계 실적 3위를 놓쳐본 적이 없는 헌터 팀이었다.

'해외 업계와의 허브 역할을 담당하고 있는 곳이었지.'

용우는 그동안 공부한 헌터 업계의 지식을 떠올렸다.

어느 나라나 자국의 헌터 팀, 그리고 군수산업에 해외 자본이 유입되는 것에 대해서 까다롭게 군다. 국토방위와 관련된 문제니 당연했다.

하지만 세계 각국의 헌터 전력은 평준화되어 있지 않다.

상황이 열악한 나라들은 해외 헌터 팀의 힘을 빌리지 않으면 도저히 사회를 유지할 수 없었다.

자국을 방위하는 것만으로도 빡빡하지만, 국제 사회의 시선을 생각하면 UN의 요청에 응해서 열악한 나라들에 지원을 보내야만 했다.

팀 이그나이트는 그런 국제 교류를 담당하고 있는 기업이다.

정부의 묵인하에 국내 대기업들보다는 해외 자본의 투자를 받아서 성장해 온 그들은 팀의 구성부터가 이질적이었다.

다수의 해외파 헌터들이 '선진적인 한국 헌터 업계의 노하우를 배운다'는 듣기 좋은 명분으로 소속되어 활동 중이었다.

'명분에 그치지만은 않는다고 했지.'

보통 팀 이그나이트와 계약한 외국인 헌터들은 3~5년 계약으로 높은 보수를 받으며 활약한 뒤 그 노하우를 갖고 자국으로 돌아간다.

실제로 한국 헌터 업계는 선진적이다. 현재의 몬스터 대응체제가 확립되는 과정에서도 한국이 기여한 바가 적지 않았을 정도다.

이것에는 퍼스트 카타스트로피 때 한국이 받은 타격이 비교적 적은 편이었다는 점이 작용했다. 한반도의 치명적인 타격은 거의 북한으로 집중되었던 것이다.

용우는 그의 명함을 주머니에 넣으며 물었다.

"제게 용무가 있으십니까?"

"예. 시간 괜찮으시면 이야기를 좀 나누고 싶습니다. 백원태 사장과 같은 이유입니다."

그 말에 용우가 흠칫 놀라서 그를 바라보았다.

다니엘 윤은 헬기 조종사를 포함한 인원들이 모두 옥상 포트에서 나갈 때까지 기다렸다 말을 이었다.

"아버지와 형이 당신과 같은 때 실종되었습니다. 아버지는 윤

성태, 형은 리암 윤이라고 합니다."

용우는 묘한 느낌을 받았다.

잃어버린 혈육에 대해서 묻고 있는데도 그에게서는 응당 느껴져야 할 열기가 없었다.

분명 진지한 표정을 짓고 있지만 그뿐이다. 용우는 그것이 능숙하게 만들어진 가면 같다는 인상을 받았다.

'묘한 놈이군.'

용우는 자신에 대한 악의를 알아차리고 통찰하는 능력이 탁월하다. 그가 살아서 어비스에서 나올 수 있게 해준 그 능력은 거의 초능력에 가까운 수준이다.

그 능력은 명확하게 형상화된 악의를 감지하는 데 그치지 않는다. 언제든지 악의로 돌변할 수 있는 조짐조차도 포착해 낸다.

그런데 그 조짐이란 때로는 굉장히 이상한 것이다.

반감이나 적의가 아니라 호의가 그렇게 보일 때도 있었으니까.

'순진한 어린아이가 잠자리의 날개를 뜯어낼 때, 그게 악의가 있어서 하는 짓은 아니지.'

다니엘 윤이 품은 감정은 적의나 악의가 아니다. 하지만 용우는 그에게서 언제든지 악의로 돌변할 수 있는 미묘한 감정의 조짐을 포착해 냈다.

'하지만 지금으로서는 그저 조짐일 뿐이지. 이자는 내게 적의가 없다.'

용우는 그의 의문에 답해주기 위해 성심성의껏 기억을 뒤져 보고는 고개를 저었다.

"죄송하지만 만난 기억이 없습니다. 유감입니다."

"…그렇습니까. 알겠습니다."

다니엘 윤은 침중한 표정으로 옥상 포트를 나섰다.

하지만 옥상 포트에서 나온 그의 표정이 변했다. 그는 차갑게 웃었다.

"생존자의 기억에 남지 못한 걸 보면 아마 두각을 드러내진 못하고 죽은 모양이군. 하긴 딱히 위치만 내세울 줄 알았지 재주는 없는 인간들이었으니까."

그는 혈육에 대한 정이 없는 정도가 아니라 그들의 죽음을 비웃고 있었다.

"0세대 각성자라… 일단은 지켜봐야겠지."

그는 닫힌 옥상 포트의 문을 흘끔 바라보며 의미심장하게 웃고는 그 자리를 떠났다.

3

타이머가 00 : 00 : 00이 되면서 귀환 게이트가 변화, 7세대 각성자들을 내보내면서 주변은 열광의 도가니에 빠졌다.

그리고 4시간이 지났다.

밖에서는 방송국이 귀환자들과 인터뷰를 진행하면서 여전히 축제 분위기가 가시지 않은 가운데…….

용우와 백원태는 호텔의 세미나실에서 마주 앉아 있었다.

"다니엘 윤이라… 그놈 꽤나 음험한 놈입니다."

"그렇습니까?"

"팀 이그나이트의 운영 방식만 봐도 그렇죠. 범죄자들도 고용하고 있는 놈들입니다."

각성자들 중에는 범죄에 손을 대는 자들도 꽤 있었다. 일반인을 초월하는 폭력을 행사할 수 있는 자들이니 당연하다면 당연한 귀결이라고 할 수 있겠다.

팀 이그나이트는 그런 범죄자들 중 검거된 자들을 '갱생'과 '사회봉사'를 모토로 고용해서 쓰고 있었다.

'각성자를 죄 지었다는 이유로 감방에서 썩게 하느니 헌터로서 전장에 세워서 국토방위에 기여하게 하는 편이 좋지 않은가?'

그런 명분을 내세우면서 말이다.

물론 아무리 범죄자라도 본인의 동의 없이 전장에 세우는 것은 인권 문제가 되므로, 팀 이그나이트에서 일하고 있는 범죄자들은 본인이 동의해서 그 일을 하고 있는 것이다.

백원태가 말했다.

"경찰하고 사이가 좋습니다. 경찰이 각성자 범죄자를 검거할 때도 종종 전투원을 파견해 주는지라 경찰 쪽에 지지 세력이 꽤 있는 편이에요."

경찰이나 군부, 헌터 관리부 등에 소속되어 공권력으로 동원할 수 있는 각성자의 수는 정말로 소수다.

그리고 헌터 팀들은 몬스터를 상대로 목숨 건 전투를 하는 것만으로도 버거워서 범죄자 검거 같은 일에 협력하고 싶어 하지 않는다.

팀 이그나이트는 경찰 입장에서는 지지할 수밖에 없는 우군인 것이다.

"나라 상황이 참… 많이 꼬여 있군요."

"세상이 이 모양 이 꼴이 되다 보니 어쩔 수 없습니다."

쓴웃음을 짓는 백원태에게 용우가 물었다.

"다니엘 윤이 대실종 때 아버지와 형을 잃은 건 사실입니까?"

"그건 사실입니다."

"흠……."

의외였다.

진짜로 혈육을 잃었는데도 그들에 대해 물을 때 그렇게나 열기가 느껴지지 않았단 말인가?

'하긴 모든 사람이 아버지와 형을 사랑하진 않겠지.'

용우가 그렇게 납득할 때였다.

덜컹!

호텔 세미나실 문이 거칠게 열리면서 한 사람이 들어왔다.

"음? 웬일인가?"

꽤나 급하게 달려왔는지 숨을 몰아쉬고 있는 것은 의외의 인물이었다.

머리를 올백으로 넘기고 수염을 멋지게 기른, 체격이 큰 중년 남자.

팀 크로노스와 업계 1, 2위를 다투는 팀 블레이드의 사장 오성준이 흐트러진 모습으로 뛰어들어 왔던 것이다.

"…앉아도 되겠나?"

오성준은 백원태의 말에 대답하는 대신 용우에게 물었다.

용우가 고개를 끄덕이자 그가 두 사람이 마주 보는 테이블의 옆에 앉았다. 백원태가 건네준 물을 벌컥벌컥 마신 그가 말했다.

"자네에게 부탁할 일이 있다."

"저한테 말입니까?"

"들었을지 모르겠는데, 귀환 게이트가 활성화되는 것과 동시에 이 부근에 다수의 게이트가 출현했다네."

그것은 일종의 징크스였다.

각성자 튜토리얼이 끝날 때쯤 되면 게이트 발생 빈도가 급격히 올라가고, 그러다가 귀환 게이트 활성화 당일이 되면 끔찍할 정도로 많은 게이트가 쏟아진다.

용우가 돌아온 지 채 한 달도 안 되는 기간 동안 게이트 브레이크를 두 번이나 보게 된 것도 그런 이유에서였다.

지금 헌터들의 피로도는 한계를 향해 치달아가고 있었고, 손 놓고 노는 헌터 팀은 하나도 없었다.

"그중 2개는 30미터급이지."

인류는 그동안의 연구로 게이트가 생성된 시점에서 그 위험성을 파악하는 방법을 개발했다.

몬스터의 등급과 게이트의 등급 기준은 별개이며, 게이트의 등급을 결정하는 요소는 크기다. 직경을 기준으로 삼아서 5미터 단위로 등급이 매겨진다.

게이트 안에 어떤 몬스터가 있을지는 발견 시점에서는 알 수 없다. 하지만 게이트가 클수록 코어 몬스터는 강력하고 몬스터의 머릿수가 많아진다는 것만은 분명하다.

30미터급 게이트라면 반드시 1마리 이상의 5등급 몬스터가 존재하는 등급이다.

"여기 대전 서부에 하나, 그리고 울산에 하나가 발생했지."

그 둘보다는 작은 게이트들도 7개나 발생해서 이 지역 헌터 팀들이 총력전에 들어갔다. 그것으로도 모자라서 근방 지역의 헌터 팀을 모조리 불러들여야 했다.

"대전은 우리 회사가, 울산은 팀 이그나이트 쪽에서 담당해서 제압 작전에 들어갔다."

이번 작전에 투입된 팀 블레이드의 제2부대는 몇 번이나 30미터급 게이트를 제압한 경험이 있는 베테랑 팀이다.

게이트가 열린 지 얼마 되지도 않아서 작전 수행 시간도 충분했기에 무난하게 제압을 마치리라 믿어 의심치 않았다.

그런데 사고가 터졌다.

작전이 시작되고 4시간 17분이 지난 시점에서, 정찰로 확보한 데이터의 사각에서 갑자기 출현한 또 하나의 5등급 몬스터의 존재가 그들을 위기로 몰아넣었다.

이미 일반인 헌터 중에 2명의 사망자가 발생한 것이 확인되었으며, 안에 있는 헌터들은 점점 더 심각한 궁지에 몰리고 있었다.

팀 블레이드에서는 지원이 절실한 상황이었다.

하지만 이 지역 헌터 팀에는 여력이 없었다. 서울에 구원 부대를 급파시킬 것을 요청했지만 도착해서 작전 투입되기까지는 최소한 1시간 이상이 걸릴 것이다.

오성준은 그동안 손 놓고 기다릴 수만은 없었다.

용우가 대전에 내려와 있다는 사실을 기억해 낸 그는 정신없이 달려왔다.

"서용우 씨."

오성준이 의자에서 일어나 용우를 똑바로 바라보았다.

그리고 고개를 깊숙이 숙였다.

"지난번의 무례를 사과하겠소. 호기심이 앞서서 경우 없는 행동을 한 것, 정말 죄송합니다."

용우는 그의 예상치 못한 행동에 눈을 휘둥그레 떴다.

고개를 든 그가 용우를 똑바로 바라보며 말했다.

"부디 위기에 빠진 우리 부대원들을 구하는 데 힘을 보태주시오."

*　　　*　　　*

헌터 업계는 소문이 빠르다.

0세대 각성자에 대한 비밀은 잘 지켜지고 있었지만 정체불명의 헌터, 코드네임 제로에 대한 소문은 빠르게 퍼져 나가고 있었다.

어쩔 수 없다.

구DMZ 전투에서 팀 크로노스의 3부대가 막대한 피해를 입은 것만으로도 업계가 떠들썩할 이슈인데, 그 전장에서 제로가 보인 활약은 실로 충격적인 것이었으니까.

"저게 제로인가?"

오성준과 함께 헬기를 타고 날아온 용우를 보면서 사람들이 수군거렸다.

팀 크로노스에 이어 팀 블레이드의 위기를 구하기 위해 불려온 남자.

베테랑 헌터 팀이 만반의 준비를 갖추고 투입되어야 수습할 수 있을 상황에 그만을 선행 투입하는 결단은 비상식적이었다. 누가 봐도 미친 짓이라고 하리라.

하지만…….

'악마숲을 혼자서 잡은 헌터라면…….'

단 한 번이지만 이미 상식을 넘어선 활약을 보여준 그라면 가능할지도 모른다는 기대를 품게 만들었다.

'우리 입장에서는 정말… 더 바랄 나위가 없는 맞춤형 구원 투수로군. 불운한 상황 속에서 그의 존재만이 천운인가.'

오성준은 자신의 뒤를 따라서 헬기에서 내리는 용우를 보며 생각했다.

용우가 그의 요청을 받아들일 경우, 한 가지 문제가 있었다.

바로 용우가 전투 수행을 목적으로 대전에 온 것이 아니기 때문에 장비를 갖추지 못했다는 점이다.

팀 블레이드의 예비 장비를 줄 수는 있겠지만 자신이 고른 장비들로 최적화된 세팅을 하느냐 아니냐는 헌터의 전투 능력을 크게 좌우하는 요소다. 우려가 되지 않을 수 없었다.

하지만 용우에게는 아공간 수납 스펠 '시공의 보물고'가 있었다. 그 안에는 언제나 용우의 장비 일체가 보관되어 있었던 것이다.

팀 블레이드는 탄약과 의료 키트, 그리고 서포트 장비와 그것을 운용할 전문 인력들만 지원해 주면 되었다.

'전쟁터로군.'

용우는 게이트 주변 상황을 보며 생각했다.

그곳은 그야말로 전쟁터의 후방이었다.

야외에 커다란 천막들을 치고 그 안에 책상과 의자, 각종 장비들을 가져다놓고 의료 팀을 포함한 수십 명의 인원이 후방 지원 임무를 수행하고 있었다.

그리고 천막들 너머에 게이트가 있었다.

'이게 게이트인가. 직접 보니 느낌이 다른데.'

용우는 지금까지 게이트를 직접 마주해 본 적이 없었다.

어비스에는 게이트가 존재하지 않았고, 지구로 귀환해서 치른 2번의 전투는 게이트 브레이크 상황이었으니까.

영상으로야 봤지만 현실에서 직접 보니 느낌이 전혀 다르다.

마치 허공의 한 지점을 잘라내고 그 단면을 검게 칠해둔 것 같다.

공간의 입체감을 무시하고 허공에 2차원적으로 뻥 뚫려 버린 정체불명의 구멍.

그 직경이 31미터에 달하니 보고 있는 것만으로도 현실감이 무너지는 것 같다.

'짜릿할 정도로 농밀한 마력.'

용우는 그 구멍으로부터 흘러나오는 마력을 감지했다.

30미터급 게이트에 접근하는 것만으로도 각성자들은 활력이 돌기 시작했다. 농밀한 마력이 마력 기관으로 유입되면서 컨디션이 올라갔다.

'하지만 그건 몬스터도 마찬가지라고 했지.'

문제는 이 농밀한 마력이 몬스터 역시 강화시킨다는 점이다.

헌터 입장에서 보면 게이트에 들어가는 것보다 게이트 브레이크 상황이 몬스터와 전투하기는 편하다. 몬스터도 약해지고 지원도 훨씬 풍부하게 받을 수 있으니 전투 난이도가 낮아지는 것이다.

"준비됐나?"

오성준이 물었다.

놀랍게도 사장인 그도 용우와 함께 게이트에 들어가기 위해 헌터용 배틀 슈트를 입고 있었다.

백원태가 부상으로 완전히 은퇴한 데 비해 그는 공식적으로는 은퇴를 발표하지 않았다. 그래도 설마 이런 상황에서 앞장설 줄은 몰랐기에 용우는 그를 다시 보았다.

헌터용 배틀 슈트를 입고 라이플과 칠흑의 양손 대검을 등에 진 그는 인상이 달라보였다.

"예."

용우가 고개를 끄덕이자 그가 앞장서면서 말했다.

"그럼 돌입하지."

그리고 두 사람은 게이트로 뛰어들었다.

Chapter8

게이트

1

허공에 뻥 뚫린 어둠 속으로 진입하는 순간, 용우는 마치 물 속으로 다이빙한 것 같은 저항감과 부력을 느꼈다.

그 감각은 잠깐이었다. 채 5초도 지나지 않아서 어둠이 걷히고 낯선 풍경이 눈에 들어왔다.

'이건…….'

용우는 헬멧 속에서 눈을 크게 떴다.

붉은 숲이었다.

하지만 그 붉음은 가을철 단풍이 들었을 때와는 다르다. 왜냐하면 나뭇가지에 나뭇잎 대신 달린 불그스름한 불꽃들이 이글거리고 있었으니까.

하지만 산불이 난 상황은 아니다. 그저 지구에 있을 수 없는 마법 같은 풍경일 뿐.

'어비스……!'

용우가 어비스에서 경험한 풍경이다.

주변 풍경이 지구로 돌아와서 몬스터를 봤을 때만큼이나 강렬했다.

잠시 거기에 시선을 빼앗기고 있을 때, 오성준이 말했다.

"케이블 연결부터 하지."

그 말에 용우는 퍼뜩 정신을 차렸다.

그의 손에는 게이트 너머에서 가져온 케이블이 들려 있었다.

게이트 안과 밖은 무선통신이 연결되지 않는다.

그렇기에 통신을 하기 위해서는 몬스터의 시체에서 얻은 특수 소재로 만든 케이블로 안팎을 이어야 했다.

이렇게 이어놔도 케이블이 긴 시간을 버텨주지 못해서 중간중간 사람을 투입해서 교체해 줘야 했고, 또 노이즈가 심해서 영상을 전송하거나 하는 건 무리였지만 간단한 음성 통신이 가능하다는 것만으로도 그 역할은 매우 중요했다.

"지도 데이터가 뜰 거다."

용우가 통신 중계기의 케이블들을 교체하는 동안 오성준이 빠르게 상황을 파악하고 말했다.

게이트 너머는 지구와는 다른 세계다.

그곳은 마치 세계의 일부를 잘라놓은 것처럼 제한적인 공간 속에 기괴하고 신비한 세계의 모습을 구현해 두고 있었다.

따라서 헌터 부대가 게이트 제압을 위해 투입된 순간 가장 먼저 하는 행동은 정찰이다.

드론과 RC카 등을 이용해서 주변을 정찰, 지형 정보를 수집해서 지도 제작에 들어간다. 전문적인 지식을 가진 자들이 주요 변수를 입력해 주는 것만으로도 맵핑 머신이 정교한 지도를 제작해 주었다.

'역시 놀랍군. 투입된 지 채 5시간도 안 되었는데 이렇게 완벽한 정보라니…….'

용우는 그동안 지식을 공부해서 머리로는 그 사실을 알고 있었다.

하지만 헬멧 안쪽으로 지도 데이터가 영상으로 떠오르고 현재 생존해 있는 부대원들의 위치와 신체 상태까지 띄워주는 것을 보고는 놀람을 금치 못했다.

역시 지구의 전투 수행 기술은 어비스와는 차원이 다르다.

어비스에서 이런 지원을 받을 수 있었으면 용우는 10배… 아니, 100배의 전과를 올릴 수 있지 않았을까?

"부유 중계기는 3체 모두 살아 있군. 다행이야. 일이 좀 수월해지겠어."

오성준이 하늘을 보며 말했다.

게이트 안쪽의 하늘은 언뜻 보면 지구의 하늘과 똑같아 보인다.

그러나 사실 이곳은 거대한 건물 안의 공간이나 마찬가지다. 무한히 펼쳐진 듯한 하늘은 사실 그런 모습을 투영하고 있는 천장에 불과한 것이다.

그 하늘이 충분히 높다고 판단된 경우, 헌터 팀들은 부유 중계기라는 기계를 쏘아 올린다.

로켓으로 쏘아 올려져서 프로펠러로 고도를 유지하는 이 부유 중계기는 게이트 안에서의 원활한 무선통신을 가능케 하며, 또한 카메라로 지상을 촬영하여 지도 데이터를 갱신해 주는 등 전술적으로 중요한 역할을 수행한다.

"방어전을 수행 가능한 인원들을 여기에 집결시켜야 서포터 팀을 진입시킬 수 있어. 일단 북서쪽 150미터 지점부터 가지."

"알겠습니다."

통신이 연결되어 있기에 뿔뿔이 흩어진 아군이 상황을 파악하기 쉬웠다.

오성준은 당장 구명 조치가 필요한 중상자가 있는 포인트를 우선적으로 골랐다.

투두두! 투두두두!

달려가는 도중 숲에서 불쑥 2마리의 몬스터가 튀어나오자 오성준은 주저 없이 소총을 갈겼다.

'주시견.'

용우가 지구로 돌아온 뒤 처음으로 잡았던 1등급 몬스터였다.

대형견만 한 덩치를 자랑하고 개의 그것보다 5배는 큰 흉측한 하나의 안구만을 가진 괴물.

키에에에엑!

1등급 몬스터조차도 소총 1정만으로는 잡기 어렵다.

하지만 오성준의 소총은 일반 탄두를 쓰고 있지 않다.

—마격탄(魔擊彈)!

소총탄에 마력이 부여되면서 주시견의 허공장을 뚫고 몸에 박혔다. 2마리의 주시견이 피투성이가 되어 죽었다.

하지만 문제는 그다음이다.

총소리를 들은 다른 몬스터들이 몰려드는 기척이 느껴졌다.

"내가 앞장설 테니 사격 지원을 부탁한다."

오성준이 소총의 등에 메고 대신 다른 장비를 꺼내 들었다.

그것은 현대전에는 너무나도 안 어울리는, 기다란 양손 대검이었다.

각성자용으로 특수 제작된 그 검은 길이 160센티미터에 달한다. 일반인이 쓰려면 충분한 완력과 무게중심을 활용하는 숙련된 기술이 필요할 것이다.

그러나 각성자라면, 그중에서도 근접 전투를 특기로 하는 무투파 헌터라면 일반인과는 전혀 다른 감각으로 쓸 수 있었다.

파지지직……!

마력을 받은 양손 대검에서 푸른 스파크가 튀었다.

일반인이 전력 질주 하는 것보다 빠르게 숲속을 뛰어가는 그들의 앞을 몬스터들이 가로막았다.

덩치는 송아지보다도 더 크고 다리가 기이할 정도로 긴 2등급 몬스터 긴다리늑대.

그 괴물이 두 다리로 일어나더니 긴 앞발을 뻗어서 휘둘러왔다.

팍!

그러나 오성준은 시퍼런 스파크가 튀는 양손 대검으로 그 공격을 받아쳤다.

일격으로 긴다리늑대의 앞발을 잘라내고 몸통에 앞차기를 찔러 넣는다.

그리고 그 옆쪽에서 뛰어드는 또 한 마리의 긴다리늑대의 공격을 크게 몸을 숙여서 피하고, 거기서 다시 일어나는 움직임으로 양손 대검에 기세를 주어서 반격했다.

푸확!

긴다리늑대의 몸통에 깊숙한 상처가 나면서 검은 피가 솟구쳤다.

'움직임이 상당하군.'

용우는 오성준이 싸우는 것을 보면서 놀랐다.

회사 경영하느라 반쯤 현역 은퇴한 사람이라고는 생각할 수 없는 움직임이었다.

우우우우!

그런데 그때였다.

나무 사이사이에서 날아든 세 줄기의 투명한 빛이 오성준을 덮쳐서 움직임을 멈추게 만들었다.

"큭!"

오성준이 신음했다.

주시견 3마리가 안구의 마력을 해방하고 있었던 것이다.

그것은 상대의 움직임을 붙잡는 포박의 마안(魔眼)이었다.

카르릉!

중상을 입은 긴다리늑대가 시퍼런 안광을 발하며 아가리를 벌리고 뛰어들었다.

"흡!"

그러나 오성준에게 있어서 이 상황은 위기가 아니었다.

파지지직!

허공장이 펼쳐지면서 긴다리늑대를 막아냈던 것이다.

체외 허공장을 보유한 헌터는 극소수다.

그리고 2세대 헌터인 오성준은 바로 그 극소수에 속하는 인물이었다. 2세대 헌터, 그것도 근접 전투계이면서도 계속 최전선에서 활약해 올 수 있었던 것에는 그만한 이유가 있었던 것이다.

허공장으로 긴다리늑대를 저지한 오성준이 양손 대검을 내리쳤다.

투콱!

긴다리늑대의 머리통이 터져 나갔다.

그리고 그사이 옆으로 돌아간 용우가 주시견들에게 소총을 갈겼다. 스펠의 위력이 증폭 탄두로 인해 몇 배로 증폭되면서 발사되었다.

—염동충격탄!

각도를 잘 잡고 쏜 단 일격으로 3마리의 주시견이 갈가리 찢어졌다.

"가죠."

"그러지."

오성준이 칼날에 묻은 검은 피를 털며 고개를 끄덕였다.

곧 첫 번째 포인트에 도착한 용우는 다시금 놀람을 금치 못했다.

'기가 막히는군.'

불꽃이 잎사귀를 대신하는 기묘한 숲 어디로 가나 몬스터들이 넘치는 상황이다.

그런 상황에서 부상자들을 포함한 6명의 부대원들은 놀라운 수단으로 목숨을 연명하고 있었다.

숲 한편에서 솟아오른 벼랑, 그 중간에 구멍이 뻥 뚫려 있었다.

각성자 저격수가 작은 구멍을 낸 다음 거기에 폭탄을 넣어서 구멍을 확장해서 몸을 숨긴 것이다. 그리고 그 위에 광학 위장포를 씌워놓으니 유심히 살피지 않으면 알아볼 수 없는 감쪽같은 위장이 완성되었다.

"다들 괜찮은가?"

"사장님!"

숨어 있던 자들은 각성자 저격수 1명과 그를 서포트하던 일반인 헌터 5명이었다.

그들은 사장이 직접 구조를 위해 뛰어왔다는 사실에 감격을 금치 못했다.

"제로, 응급처치를 부탁한다."

일반인 헌터 한 명이 사경을 헤매고 있는 것을 본 오성준이 부탁했다.

용우는 고개를 끄덕이고는 치료 스펠을 펼쳐서 그를 치료했다. 마력을 아껴야 했기에 완치시키지는 않았지만 고비를 넘기기에는 충분했다.

오성준이 저격수에게 물었다.

"마력은?"

"전투 수행 가능합니다."

"포션은 썼나?"

"예."

"장기전은 무리겠군."

각성자 헌터들은 전투를 수행할 때 마력석을 정제해서 만든 마력 포션으로 마력을 어느 정도 회복할 수 있었다.

하지만 이 마력 포션은 한 번 쓰면 최소 4시간의 텀을 두어야 했다. 그 안에 또 써봤자 거의 효과를 볼 수가 없기 때문이다.

크아아아아……!

그때였다.

은신처 밖, 먼 곳에서 공간을 뒤흔드는 것 같은 포효가 들려왔다.

[사장님?]

그리고 전술 회선으로 통신이 들어왔다.

"나다. 현재 포인트-1에 와 있다."

[이쪽은 현재 땅울음용과 교전 중입니다! 지원 부탁드립니다!]

통신으로 비명에 가까운 외침들이 연달아 들려오고 있었다.

지도 데이터에 실시간으로 표시되는 그들의 위치 정보를 보면 교전이라기보다는 날뛰면서 추격해 오는 몬스터에게서 정신없이 도망치는 형국이다.

"곧 가겠다."

그렇게 대답한 오성준이 2부대원들에게 물었다.

"서포트 병기들은?"

"미니 전차들은 전부 잃었고, 드론은 2기가 살아 있습니다. 부유 중계기가 살아 있으니 밖으로 나가면 다시 컨트롤 가능할 겁니다."

"알겠다. 자네들은 여기에서 대기하게. 일단 급한 불을 끄고 나서……."

"사장님."

그때 용우가 입을 열었다.

"이분들 데리고 출입구로 후퇴하십시오."

"뭐라고?"

"최대한 빨리 출입구 쪽에서 방어전을 펼칠 수 있는 상황을 만들어야 서포터 팀을 추가적으로 진입시킬 수 있다고 하셨지 않습니까?"

"그랬지. 하지만 지금은 그것보다 급한 상황이 있다."

"저쪽에는 저 혼자 가겠습니다."

"자네 실력은 믿는다. 하지만 아무리 그래도……."

"거리가 1.7킬로미터나 됩니다. 사장님과 같이 가려면 늦을 겁니다."

그 말에 오성준의 말문이 막혔다.

곧 그가 어이없어하며 물었다.

"…자네라면 늦지 않게 갈 방법이 있단 말인가?"

오성준은 신체 능력이 뛰어난 무투파 헌터이기에 이동속도도 빠르다. 그런데 그가 느려서 데려갈 수 없다고 하다니?

하지만 용우는 확신에 찬 목소리로 말했다.

"예. 맡겨주시죠."

2

5등급 몬스터 땅울음용.

고등급 몬스터들이 다들 그렇듯 상대하기 힘든 괴물이다.

대전의 30미터급 게이트를 제압하기 위해 진입한 팀 블레이드의 2부대는 초반 정찰 결과 2마리의 5등급 몬스터가 코어 몬스터로서 존재함을 알아냈다.

하지만 거기서 만족하고 더 신중함을 기울이지 못한 것이 그들의 실수였다.

첫 번째 5등급 몬스터를 사냥한 직후에 땅 밑에 숨어서 잠들어 있던 땅울음용이 모습을 드러냈기 때문이다.

정찰 데이터를 기반으로 잘 굴러가고 있던 전술 플랜은 순식간에 박살 났다.

5등급 몬스터들이 교차로 날뛰기 시작하자 2부대는 전열을 유지할 수 없었다.

무인 병기들을 내던져서 시간을 끌면서 퇴각했고, 전열을 재정비하기도 전에 다른 몬스터들의 공격을 받아서 뿔뿔이 흩어질 수밖에 없었다.

'제길! 제기랄!'

2부대의 근접 전투원 분대를 이끄는 분대장은 날듯이 달리고 있었다.

숲을 질주하는 그의 움직임은 원숭이도 기겁할 수준이었다.

탁 트인 평지도 아니고 방해물이 많은 숲속을, 초일류 육상 선수가 경기장에서 전력 질주 하는 것보다도 훨씬 빠르게 달리다가 가볍게 도약, 한 손으로 나뭇가지를 붙잡고 하반신을 당기는 것만으로도 허공으로 5미터 이상을 솟구친다.

콰작!

간발의 차이로 땅울음용의 아가리가 그가 붙잡았던 나무를 물어서 부러뜨렸다.

땅울음용은 5등급 몬스터 중에서는 덩치가 작은 편이다.

하지만 인간의 눈으로 보면 크다.

납작 엎드려 달리는 체고가 3미터, 전체 몸길이가 17미터를 넘는 덩치는 대형 트레일러보다 더 큰 것이다. 이런 괴물이 자기를 잡겠다고 달려오는데 '작다'는 생각이 들겠는가?

땅울음용은 황토빛을 띤, 도마뱀에 가까운 등짝부터 꼬리까지는 매끈하게 갈린 암석을 연상시키는 기묘한 비늘로 뒤덮여 있다.

눈은 청회색을 띠고 있으며 이마에는 빛을 발하는 두 개의 붉은 뿔을 가졌다.

화아아아악!

그리고 입에서는 불을 뿜는데 이 화력은 일격에 인간을 불탄 시체로 만들기에 충분했다.

—에어 바운드!

분대장은 자신을 삼키려고 날아드는 불꽃을 향해 주먹을 내질렀다.

파아아앙!

그러자 대기가 폭발하면서 불꽃을 가로막는 벽으로 화했다.

그 반동으로 분대장의 몸이 더욱 높이 솟구쳐서 땅울음용과 거리를 벌렸다.

그때였다.

크아아아아!

땅울음용이 포효했다.

그러자 반경 40미터 정도의 지면이 수프가 끓어오르듯 진동하는 게 아닌가?

"미친!"

분대장이 경악했다.

콰과과과과!

그리고 토사가 폭발적으로 솟구치면서 그를 강타했다.

"아아아악!"

토사에 맞고 날아가는 그의 입에서 비명이 터져 나왔다. 이

대로라면 땅에 추락하면서 토사에 깔려 버린다!

—에어 브레이크!

그때 그의 몸을 보이지 않는 보이지 않는 기류가 감싸 안았다.

쉬이이이이!

그리고 그 기류가 아래쪽으로 분사되면서 그의 추락을 막고, 그대로 궤도를 틀어서 쏟아지는 토사에서 벗어나게 만들었다.

'뭐야? 이건 누구 재주야?'

분대장은 토사에 맞은 충격에 정신을 못 차리면서도 그런 의문을 떠올렸다.

그런 그의 앞으로 땅울음용이 쿵쿵거리며 달려들었다.

콰아아아앙!

하지만 그때 측면에서 날아든 에너지탄이 땅울음용의 머리통을 쳐서 무릎 꿇렸다.

[알파—1. 시간을 벌어줄 테니 빠져서 재정비하십시오.]

낯선 목소리가 통신기로 분대장의 코드네임을 불렀다.

'누구야? 이 코드네임은… 제로—0?'

2부대원 중에는 문밖에 대기 중인 대기 전력까지 포함해도 이런 코드네임이 없다.

"당신, 누구야?"

분대장이 허둥지둥 일어나면서 물었다.

[제로.]

대답과 동시에 또 한 발의 저격이 땅울음용의 정수리를 강타해서 땅에 처박았다.

꽈아아앙!

그 광경을 본 분대장은 놀람을 금치 못했다.

'그새 위치가 바뀌었어?'

저격이 발사된 위치가 방금 전과는 크게 다르다.

순간적으로 다른 저격수가 쏜 것인가 했지만 아니었다. 그의 헬멧 안쪽에 떠오르는 지도 데이터에도 같은 인물이 100미터나 이동한 것으로 나와 있었다.

'고장 났나?'

그런 의심이 들 때였다.

[빨리 빠지시죠. 시간을 벌어주겠다고 했는데 못 들었습니까?]

그 말에 분대장은 퍼뜩 정신이 들었다.

"제로라고 했지? 은혜는 잊지 않겠다!"

뿔뿔이 흩어진 다른 부대원들의 위치를 확인하고 뛰어가던 분대장은 퍼뜩 한 가지 사실을 떠올렸다.

'잠깐, 제로?'

그는 뒤늦게 그 이름이 요 며칠간 헌터 업계의 핫 이슈라는 사실을 떠올렸다.

'구DMZ에서 악마숲을 혼자 잡은 그 남자? 그가 우리를 도우러 왔다고?'

*　　　*　　　*

용우는 높은 언덕 위에서 스코프를 보며 혀를 내둘렀다.

'진짜 욕 나올 정도로 좋네.'

객관적으로 보면 용우의 사격 실력은 그리 좋은 편은 아니다.

물론 격렬한 전투 상황에서도 썩 괜찮은 명중률을 자랑한다는 점은 높이 평가할 만하다.

하지만 그것은 신체 능력과 감각이 워낙 좋아서 가능한 재주다. 사격 전문가의 실력은 총기의 특성을 이해하고 다루는 기술에서 나오는 것이고 용우는 아직 이 부분이 취약했다.

하지만 현대 문명은 그런 용우의 취약함마저도 전자동으로 메꿔주고 있었다.

띠디디… 띠딕!

총에 달린 전자식 스코프가 조준 완료를 알렸다.

―염동충격탄!

초음속으로 발사된 푸른 에너지탄이 500미터 저편에 있는 땅울음용의 머리통을 정확하게 때려서 주저앉혔다.

너무나도 정밀한 저격이다.

이것은 용우의 실력이 아니라 총의 성능이 뛰어나서였다.

제우스의 뇌격에 탑재된 조준장치가 허공을 날고 있는 부유 중계기와 링크해서 관측 데이터를 받고, 그것을 바탕으로 저격 궤도를 연산해서 완벽한 저격을 할 수 있게 만들어주는 것이다.

'네 발째. 슬슬 대미지가 드러나는군.'

용우가 귀환한 지 아직 채 3주도 지나지 않았다.

그런 만큼 용우의 마력 기관은 아직 회복 중이라 위력이 충분하지 못했다. 이 컨디션으로 어비스 땅울음용을 만났다면 대적할 수 없다고 판단했으리라.

하지만 지구에서는 사정이 달랐다.

증폭 탄두로 사거리와 위력이 몇 배로 증폭된 염동충격탄을 연타로 꽂아넣자 5등급 몬스터인 땅울음용도 타격을 받고 있었다.

크아아아아!

뒤늦게 용우의 위치를 파악한 땅울음용이 포효했다.

거리는 100미터.

그러나…….

꽈과과광!

분대장을 공격했을 때와는 달리 전방위가 아니라 전방으로 집중, 부채꼴로 적용된 '땅울음'이 용우가 있는 언덕까지 미쳤다.

대지가 수프처럼 끓어오르면서 터져 나간다.

하지만 용우는 이미 그 자리에 없었다.

[제로, 무사한가?]

오성준의 통신이 들어왔다.

"멀쩡합니다."

[도대체 무슨 수를 쓰는 건가? 혹시 순간이동 스펠도 갖고

있나?]

정답이었지만 용우는 긍정해 주는 대신 까칠하게 대꾸했다.

"사장님, 호기심 채우고 있을 때가 아닙니다."

[아, 미안하군. 이쪽은 입구로 퇴각 완료 했다. 현재 부상자를 내보내고 추가적으로 서포트 팀과 무인 병기들이 진입하는 중이다.]

"무인 병기 투입까지는 얼마나 걸립니……."

꽈과과과과과!

"…까?"

용우는 블링크로 한 차례 더 땅울음용의 공격을 피하며 물었다.

[…앞으로 5분. 5분 안에 반입과 세팅을 끝내겠다.]

"알겠습니다. 근데 땅울음용은 제가 계속 동쪽으로 유인 중입니다만 암석거인은 어쩔 겁니까?"

제3자가 보기에 용우는 비상식적인 전술 수행 능력을 보여주고 있다.

하지만 본인은 여유가 넘쳤다.

마음만 먹으면 지금이라도 직접 땅울음용으로 접근해서 싸움을 걸어볼 수 있을 것이다.

하지만 팀 블레이드의 전술 계획에 따라서 원거리 저격으로 차분하게 땅울음용의 허공장을 깎아내는 일만 하고 있었다. 아직 또 한 마리의 코어 몬스터가 남아 있는 데다가 어떤 변수가 출몰할지 모르기 때문이다.

"흠."

용우가 눈살을 찌푸렸다. 이동한 지점에서 통신을 하는 동안 5마리의 1, 2등급 몬스터들이 몰려들었기 때문이다.

[제로?]

"전투 중이니 잠깐만!"

용우는 신경질적으로 외치고는 주시견의 옆구리를 걷어찼다.

—사일런트 엣지!

보이지 않는 칼날을 전개해서 그 뒤에서 뛰어드는 긴다리늑대의 팔을 잘라내고…….

—에어 바운드!

주먹을 내지른 곳에서 대기가 폭발, 그 폭압이 부채꼴로 분사되자 몬스터들이 죄다 나가떨어졌다.

그리고 용우의 손에 제우스의 뇌격 대신 일반 사이즈의 소총이 마술처럼 나타났다.

콰아아아!

에너지탄이 발사되면서 5마리의 몬스터들이 쓸려 나갔다.

"후우."

용우는 몬스터들의 시체로 다가가 에너지 드레인을 썼다.

마력 포션을 쓸 기회는 단 한 번뿐이니 아껴두어야 한다.

다행히 용우에게는 다른 헌터들과 달리 에너지 드레인과 정화, 2개의 스펠 콤비네이션으로 마력을 보충할 방법이 있었다.

마력을 흡수한 용우는 다시 제우스의 뇌격으로 땅울음용을 한 방 때려준 다음 달리면서 말했다.

“됐습니다. 계속 말하세요.”

[그대로 계속 땅울음용을 동쪽으로 유인해 주면 2부대원들이 전열을 정비해서 합류, 그놈을 처치할 거다.]

“암석거인은?”

현재 이 게이트 안에 있는 코어 몬스터는 2마리다.

땅울음용과 마찬가지로 5등급 몬스터인 암석거인.

2부대가 재정비하고 용우와 함께 땅울음용을 사냥한다 하더라도 암석거인까지 상대할 여력이 있을까?

[우리는 땅울음용을 잡으면 그 시점에서 이탈한다. 나머지는 서울에서 오는 후속 부대의 몫이다. 게이트 브레이크까지는 충분히 시간이 남아 있으니 나가서 재정비한 뒤 재진입해서 그들을 돕는 것도 방법이다.]

합리적인 판단이었다.

‘더 이상의 인명 피해가 나오지 않는다면 굳이 내가 위험을 감수하고 잡아줄 필요까지는 없겠지. 여기까지 먼 길을 오는 후속 부대가 허탕을 치게 만드는 것도 그렇고.’

위급상황이라면 모를까, 작전이 순조롭게 굴러가고 있는데 굳이 혼자 다 하겠다고 나설 필요는 없다.

그렇기에 용우는 땅울음용을 멀리 유인하면서 야금야금 대미지를 누적시키는 것에만 주력했다.

하지만 불안요소는 용우가 모르는 곳에서 시한폭탄처럼 터지길 기다리고 있었다.

3

팀 블레이드의 2부대는 베테랑들이다.

비록 팀 블레이드는 1부대만이 진정한 1군이고 다른 부대들은 전부 2군이라는 소리를 듣지만 그럼에도 그들이 한국 상위권의 뛰어난 헌터 부대라는 사실이 변하지는 않았다.

용우가 시간을 끌어주자 전광석화처럼 빠르게 움직였다.

분대장이 투덜거렸다.

"빡세군. 근데 혼자서 저렇게 시간 벌어주고 있는데 투덜거릴 처지는 아니지."

본래 2부대의 각성자 헌터는 8명이다. 각성자가 얼마나 귀한 인력인가를 따져보면 그 수가 결코 적지 않다는 사실을 알 수 있을 것이다.

하지만 지금 전투 가능한 인원은 5명뿐이다.

3명이 중상을 입어서 전장에서 이탈하고 있었던 것이다.

이탈자 중에 부대장이 포함되어 있었기에 원래대로라면 분대장이 지휘를 맡으려고 했으나…….

"사장님, 저희는 준비 끝났습니다."

팀 블레이드의 오성준이 직접 전투에 참가했기에 그에게 지휘권이 넘어갔다.

[서포트 팀 세팅도 끝났군. 제로, 지금 표시하는 포인트로 몰아올 수 있겠나?]

"그러죠."

저 '땅울음'은 땅울음용 입장에서도 대량의 마력을 소모하는 능력이다.

사방팔방을 뒤집고, 한 방향으로 집중하면 140미터 밖까지 뒤집어 버리는 능력이니 마력 소모가 작으면 그게 더 이상하다.

용우는 계속 블링크로 이동하면서 저격을 가하는 것으로 땅울음용의 신경을 긁어서 벌써 17회나 땅울음을 쓰게 만들었다.

'슬슬 힘이 빠졌어. 허공장 너머로 대미지가 들어갈 정도니까.'

땅울음용의 땅울음을 지속적으로 유도하면서, 동시에 저격으로 유효타를 누적시킨다.

다른 저격수에게는 불가능한, 오로지 용우에게만 가능한 활약이다.

이대로 같은 패턴을 반복하면 시간은 걸릴지언정 용우는 일방적으로 땅울음용을 쓰러뜨릴 수도 있을 것이다.

'이 정도면 내 역할은 넘치도록 한 거지. 어디 팀 블레이드의 실력을 좀 볼까?'

자신이 힘을 빼놓은 저 괴물을 팀 블레이드는 얼마나 효율적으로 공략할 것인가?

용우는 기대가 컸다.

*   *   *

팀 블레이드는 무인 병기를 아낌없이 투입했다.

서울에서 가져온 것들은 물론이고 용우를 고용하기 전, 국방부에 요청해서 인근 군부대가 보유한 것들을 추가로 운반하는 작업도 마쳤다.

그중에는 민간 기업인 헌터 팀이 보유할 수 없는 것들도 있었다.

두두두두…….

높은 고도까지 고중량 탄두를 실어 나르기 위해 특수 제작된, 크기 15미터의 대형 드론들이 게이트 안쪽 공간의 천장 아래쪽, 1.7킬로미터 고도를 아슬아슬하게 비행했다.

그러면서 땅울음용의 머리 위에다가 커다란 철 기둥 같은 폭탄 2발을 떨어뜨렸다.

일반 폭탄보다 월등한 무게와 폭약량을 자랑하는 벙커버스터였다.

꽈광! 꽈아아아앙!

무시무시한 폭발이 대지를 뒤흔들었다.

대(對)몬스터용으로 제작된 2톤급 벙커버스터였다.

본래 미군이 썼던 벙커버스터는 저것보다 훨씬 크고 무겁다. 그러나 게이트 안쪽에서는 벙커버스터 투하 시에 드론을 써야 하기 때문에 보다 소형화된 버전을 쓰는 것이다.

하지만 몬스터를 쓰러뜨리기 위해 개량에 개량을 거듭한 그 위력은 탁월하다.

일반 벙커버스터와 달리 마력석을 이용해 제조한 마력 반응 탄두가 탑재되어 있기에 몬스터 상대로 물리적 파괴력 이상의 위력을 보인다.

'저걸로도 안 된단 말이지?'

그런데 그것을 2발이나 직격당했는데도 땅울음용은 멀쩡했다.

어디까지나 충격으로 주저앉았을 뿐이고 허공장이 깨지지 않았다.

'하지만 거의 깨져가는군.'

용우가 지금까지 두들겨 댄 것도 있고, 거기에 벙커버스터까지 2발이나 직격당하고 나니 허공장이 확연히 약해졌음이 느껴진다.

콰과과과광……!

그리고 무인 병기들의 공격은 이제 막 시작되었을 뿐이다.

벙커버스터 2파를 준비하는 동안 드론들이 숲 위를 날면서 미사일과 로켓, 폭탄 투하, 중기관총 등으로 무차별 공격을 퍼부었다.

—염동충격탄!

각성자들도 놀고 있지 않았다.

저격수 2명, 용우까지 합쳐서 3명이 번갈아가면서 염동충격탄으로 땅울음용을 타격했다.

크아아아아!

신나게 두들겨 맞은 땅울음용이 격노한다.

땅울음을 발하자 반경 20미터 정도의 땅이 수프처럼 끓어오르면서 폭발, 토사가 일어 오르면서 저고도를 날고 있던 드론들을 강타했다.

'위력이 죽었군. 범위가 반으로 줄었어.'

이것은 측면에서 보고 있는 용우가 판단하기 어려운 부분이다.

하지만 하늘 위를 나는 부유 중계기의 관측 데이터가 확실하게 그 차이를 알려주고 있었다.

화아아아악!

이어서 땅울음용이 뿜어낸 화염 입김이 100미터 넘게 뻗어나가서 더 높은 곳을 날던 드론들을 타격한다.

그러나 거기까지다.

땅울음용에게는 그보다 높은 곳을 나는, 폭탄을 투하하거나 로켓을 발사하는 드론들을 타격할 방법이 없다!

콰과과광……!

현대 병기가 땅울음용의 시야와 움직임을 막고 각성자가 마음 놓고 스펠로 타격할 수 있는 기회를 준다.

이것이 인류가 몬스터라는 재앙을 막아낼 수 있게 만든 콤비네이션이다.

[델타—2 마력 포션 투입합니다.]

[델타—3 마력 바닥났습니다. 이탈하겠습니다.]

저격수 하나가 이탈하면서 3개 포인트에 자리 잡고 두들겨

대는 트라이앵글 저격은 쓸 수 없게 되었다.

[제로, 마력 상태는?]

오성준이 물었다.

그는 용우의 마력이 어느 정도인지 데이터를 갖고 있지 못하다. 하지만 용우가 지금까지 스펠을 쓴 횟수만 봐도 우려할 수밖에 없었다.

하지만 용우는 중간중간 저등급 몬스터들과 전투를 벌이면서 에너지 드레인을 이용, 마력을 보충해 왔기 때문에 아직 충분히 여력이 있었다.

"전 아직 괜찮습니다."

여력도 충분하고, 마력 포션도 쓰지 않았다. 용우는 아직도 장시간 전투가 가능한 상태였다.

계속 두들겨대면서 시간이 흐르자 땅울음용의 힘이 눈에 띌 정도로 떨어졌다.

[10미터 미만이군. 슬슬 근접조 투입한다.]

일부러 미니 전차와 드론을 미끼로 던져주면서 땅울음을 사용하게 만든 결과, 이제는 땅울음의 유효 범위가 10미터 미만까지 떨어진 것이다.

[제로, 무리한 부탁일 수도 있겠지만 집중형 땅울음을 한번 유도해 줄 수 있겠나?]

다른 헌터들에게 시켰다가는 날 죽일 거냐며 쌍욕이 날아올 짓이었다.

하지만 용우에게는 수행 가능한 미션이었다.

"알겠습니다."

그 정도는 아무것도 아니라는 듯 담담한 용우의 대답이, 전투에 참가하고 있는 자들에게 전율을 불러일으켰다.

"대기 완료 되는 대로 땅울음을 유도합니다."

용우는 헬멧 안쪽에 떠오르는 전술 데이터를 차분하게 바라보았다.

아군의 배치가 끝나고 나자 그들이 있는 곳 반대편, 땅울음용에게 50미터 거리까지 접근해서 저격을 가했다.

크아아아아아!

그러자 땅울음용은 질리지도 않는 듯 또다시 집중형 땅울음으로 용우를 공격했다.

아까 전보다는 힘이 떨어졌지만 그래도 용우가 있는, 아니, 정확히는 조금 전까지만 해도 있던 지점까지 대지가 끓어오르면서 폭발했다.

[지금이다! 돌격!]

오성준이 근접조에게 명령을 내렸다.

일제히 공격에 들어가는 근접조 4명에는 오성준 자신도 포함되어 있었다.

콰아아아!

헌터를 돌격시키는 것을 목적으로 만들어진 소형 제트엔진팩 '파이어 스타터'가 분사되면서 헌터들이 달려가는 속도에 급가속이 붙는다.

헌터들의 손에는 전원 같은 장비가 들려 있었다.

돌격창.

구DMZ 전투에서 용우가 악마숲의 허공장을 뚫을 때 썼던, 중세시대의 기사들이 썼던 랜스를 훨씬 두껍고 무겁게 만들어 놓은 각성자용 무기.

파지지직!

길이 5미터, 중량 49킬로그램에 달하는 꼬챙이 형태의 랜스가 시퍼런 스파크를 튀기고 있었다.

막 땅울음을 쏘아내고 빈틈을 드러낸 땅울음용의 후방을 맹습한다!

"이야아아아아!"

가장 먼저 목표점에 도달한 것은 분대장이었다.

꽈아아아앙!

분대장의 마력이 실린 돌격창이 땅울음용의 허공장을 뚫고 몸속 깊숙이 박혔다.

그리고 공격은 일격으로 끝나지 않는다.

거의 동시에 4명의 헌터가 4개의 돌격창을 박아 넣었고…….

"쿨럭!"

공격 순간 마력을 지나치게 쏟아내 버린 한 명은 그 반동을 버텨내지 못하고 주저앉았다.

"알파—3! 알파—4 데리고 빠져!"

다른 한 명도 반동으로 비틀거리고 있었다. 파이어 스타터를 떼어낸 분대장의 명령에 그가 주저앉은 헌터를 데리고 빠져나가고…….

쿵! 쿵! 쿠웅!

숲에서 날아온 드론이 분대장과 오성준 옆에 새로운 장비를 떨구고 지나갔다.

공업용 오함마보다도 헤드가 2배는 커 보이는 흉악한 배틀 해머였다.

크아아아아악!

한 박자 늦게 땅울음용이 비명을 지르며 몸을 뒤틀었다.

하지만 땅울음은 터져 나오지 않는다.

그것은 힘이 넘칠 때도 한 번 발하고 나면 15초 이상의 재충전을 거쳐야 나오는 공격이었으니까.

"클라이밍!"

오성준이 외쳤다. 명령이라기보다는 스스로를 일깨우는 듯한 외침이었다.

모든 것은 철저하게 계산된 전술이다.

오성준과 분대장은 배틀 해머를 들고 땅울음용의 몸에 올라탔다.

몸길이 17미터의 괴물이 몸을 뒤흔드는 상황은 그 자체로 악몽이다. 그러나 근접전의 스페셜리스트인 두 사람은 마치 발바닥에 흡판이라도 달린 것처럼 달라붙어서 배틀 해머를 들어 올렸다.

쩌어어어엉!

그리고 돌격창의 끄트머리를 때려서 더 깊숙이 박아 넣는다.

땅울음용이 더욱 크게 비명을 질렀다.

결국 격통을 참지 못하고 정신이 나간 듯 몸을 뒤집었다. 등에 올라탄 헌터들을 깔아뭉개 버릴 생각이다.

"훙!"

그러나 그 조짐이 보이는 순간 오성준과 분대장은 이미 모든 돌격창에 한 번씩 해머질을 하고 다음 행동에 들어가 있었다.

분대장이 양손을 아래쪽으로 모으자 오성준이 거기에 발을 올린다.

"하아앗!"

분대장이 전력으로 오성준을 던져 올렸다.

괴력으로 던져진 오성준의 몸이 그대로 10미터 이상 솟구쳐 오르고, 분대장은 땅울음용이 몸을 뒤집기 전에 아슬아슬하게 빠져나왔다.

파지지지직!

15미터 높이까지 날아오른 오성준이 등에 메고 있던 양손 대검을 잡았다.

페이즈9에 달한 마력이 최대 출력으로 전개되자 양손 대검이 스파크를 튀기다 못해 검신 전체가 푸른빛으로 휘감겼다.

오성준은 그대로 몸을 거꾸로 뒤집으며 허공을 박찼다.

—에어 바운드!

대기를 폭발시키는 이 스펠은 타격용이 아니라 허공에서 도약하는 수단으로도 쓸 수 있었다.

오성준의 몸이 발사된 포탄처럼 지상으로 떨어져 내려갔다.

—용참격(龍斬擊)!

비스듬하게 낙하한 그의 검에서 뿜어져 나온 푸른 에너지 칼날이 땅울음용의 두꺼운 목을 베고 지나갔다.

—에어 브레이크!

콰아아아아!

오성준의 몸이 지상에 닿기 직전 튕겨 나가듯이 궤도를 바꿨다.

그는 지속 분사로 흙먼지를 일으키면서 감속, 대지 위를 미끄러지듯이 착지했고…….

푸화아아아악!

땅울음용의 목에서 검은 피가 분수처럼 솟구쳤다.

쿠구구궁……!

목이 잘려 떨어진 땅울음용이 그대로 쓰러지면서 굉음이 울려 퍼졌다.

[와아아아아아아아아아!]

통신으로 부대원들의 환호성이 울려 퍼졌다.

[역시 사장님이야!]

[캬, 사장님! 이래놓고 은퇴를 입에 올리신다니 인류에게 너무하시는 거 아닙니까?]

비교적 가까운 지점에서 그 광경을 본 용우도 감탄했다.

'도저히 은퇴한 사람이라고 볼 수 없군.'

저것도 나이 먹고 실전을 치르는 빈도수가 떨어지면서 기량이 쇠퇴한 것 아니겠는가?

현역일 때는 얼마나 신들린 모습을 보여줬을지 궁금할 지경이었다.

"방금 요단강이 보이는 기분이었으니 너무 띄워주지 마라. 기분 들떠서 괜히 여기저기 나선다고 했다가는 우리 딸한테 혼나."

오성준이 피식 웃으며 말할 때였다.

콰광… 콰과과광……!

멀리서 연달아 폭음이 울려 퍼졌다.

"뭐야?"

오성준이 놀라서 소리의 진원지를 바라볼 때였다.

서포터들이 비명처럼 외쳤다.

[이런! 암석거인이 고속으로 이동하기 시작했습니다!]

[드론을 무시하고 달립니다!]

지금까지 서포터들은 드론으로 암석거인의 주의를 끌고 있었다.

그런데 땅울음용이 죽는 것과 동시에 암석거인의 행동이 변했다.

갑자기 드론의 공격을 무시하고 달리기 시작한 것이다.

"어디로 가고 있지? 혹시 이쪽인가?"

[아닙니다.]

[아, 안 돼! 큰나무장로의 시체가 있는 곳으로 가고 있습니다!]

큰나무장로는 2부대가 이곳으로 진입해서 처음으로 사냥한 코어 몬스터였다.

오성준이 다급히 물었다.

"큰나무장로의 시체는 어떤 상태인가?"

[땅울음용이 난입하면서 처리할 시간이 없었습니다. 현재 방치 상태입니다.]

"이런……!"

그 말이 의미하는 바를 깨달은 오성준이 신음했다.

그리고…….

그오오오오오오!

숲 저편에서 이 제한적인 세계 전체를 뒤흔드는 어마어마한 포효가 울려 퍼졌다.

[암석거인의 코어 에너지 반응이 급상승합니다!]

[거의 6등급 수준에 근접……!]

[암석거인이 큰나무장로의 코어를 포식했습니다.]

그들이 수습하지 못한 최악의 변수가 터져 버리고 말았다.

Chapter9

천공의 제로

1

팀 이그나이트의 CEO 다니엘 윤은 태블릿에 뜬 전술 데이터를 보며 미소 짓고 있었다.

하지만 그가 보고 있는 데이터는 그가 대기 중인 곳, 울산의 30미터급 게이트를 제압하는 팀 이그나이트의 것이 아니었다.

"확실히 대단하군. 아직 전세계의 그 어떤 각성자도 갖지 못한 스펠들을 쓰고 있어."

그는 태블릿을 보는 척하면서 다른 곳을 보고 있었다.

이곳에서 볼 수 있을 리가 없는 장소를.

팀 블레이드가 제압 작전 수행 중인 대전의 30미터급 게이트.

그 안에서 벌어지는 일이 실시간으로 그의 시각에 비춰지고 있었다.

각성자도 아닌 그가 각성자조차 갖지 못한 불가사의한 관측 능력을 발휘하고 있는 것이다.

"어쩌면 0세대 각성자가 쓰는 능력이, 12세대에 도달할 형태인지도 모르지."

그때였다.

다니엘 윤의 주변 풍경이 검게 물들면서 여성의 목소리가 들려왔다.

"모두 모였나?"

갑작스러운 사태에도 다니엘 윤은 당황하지 않았다.

그는 자신의 상태를 정확히 알고 있었으니까.

정신이 육체를 벗어나서 특별한 정보 공간으로 들어왔다. 시간의 흐름을 초월하고 공간적 제약에서 벗어나서 정보를 교류할 수 있는 공간에.

제일 먼저 나타난 것은 새카만 표면에 붉은빛을 발하는 기이한 눈 두 개가 달려 있는 가면을 쓴 여자였다.

금발 단말머리에 검은 정장을 입은 그녀가 다니엘 윤에게 물었다.

"0세대 각성자와 접촉했다고 들었는데… 쓸데없는 짓을 한 건 아니겠지?"

"그냥 만났을 뿐이야. 그리고 그게 당신에게 허락받을 일은 아닌 것 같은데?"

다니엘 윤이 삐딱하게 묻자 금발 단발머리의 여자가 코웃음을 쳤다.

"그러시겠지. 하필이면 당신네 나라에 나타나서는……."

검은 공간에 나타난 것은 그녀만이 아니었다.

다니엘 윤을 포함해서 국적이 다른 7명이 시공을 초월해서 그 정보공간에 모여 있었다.

"구세록에 기록되지 않은 이레귤러를 방치해 둬야 하나?"

"구세록에 기록되지 않았다는 것이 우리가 말살해야 하는 대상이라는 뜻은 아니야."

"오히려 긍정적인 변수가 될 수 있겠지."

"무엇보다 연구 가치가 있잖아? 일단은 지켜봐야 해."

"마침 한국인이고 하니 다니엘이 좋은 조건으로 포섭해 보는 것도 괜찮지 않을까?"

7명은 게이트 안의 상황을 지켜보면서 그런 대화를 주고받았다.

"고려해 볼 만한 일이지."

다니엘 윤이 히죽 웃으며 말했다.

"그가 인류의 수호에 도움이 된다면."

그것이야말로 그들의 존재 목적이었다.

* * *

게이트 안쪽은 마치 세계의 일부를 잘라낸 것 같은 공간이다.

그곳에는 나름의 생태계가 존재하고 있었다.

물론 제대로 된 생태계냐 하면 그건 아니다. 어설프게 만들어진 시뮬레이션처럼 많은 것들이 빠져 있었다.

몬스터 중에 초식동물은 없다. 오로지 육식동물로만 이루어진 포식자 생태계가 성립할 수 있을 리가 없지 않은가?

하지만 한 가지 분명한 사실이 있다.

인간을 상대로는 모두가 포식자인 몬스터도 그들 사이에서는 포식자와 피식자가 나뉜다는 것.

몬스터가 서로를 잡아먹는 것은 드물지 않다. 시체를 뜯어먹는 경우는 더더욱 흔하다.

이것은 대부분은 별문제가 안 된다. 몬스터끼리 서로 잡아먹어봤자 별로 달라지는 것이 없기 때문이다.

그러나 5등급 이상의 고등급 몬스터가, 같은 등급의 몬스터를 포식하는 것은 심각한 위험을 초래한다.

"아, 진짜……."

용우가 짜증을 냈다.

"왜 저런 사태를 방치해 둔 겁니까?"

[여유가 없었습니다.]

서포트가 변명했다.

큰나무장로를 처치하고 나서 시체를 처리할 틈도 없이 땅울음용이 난입했다.

그 상황에서는 땅울음용이 큰나무장로를 포식하지 않도록, 필사적으로 땅울음용의 주의를 끌어서 다른 곳으로 유인한 것이 그들이 할 수 있었던 한계였다.

[암석거인의 코어 에너지 반응이 6등급 수준으로 안정화되었

습니다.]

문제는 또 있었다.

막강한 힘을 발하는 암석거인이 이동하기 시작했다.

하필이면 출입구를 향해서.

[이대로라면 5분 안에 출입구에 도착합니다. 사장님, 지시를 내려주십시오!]

그것은 두 가지 문제를 일으킬 것이다.

땅울음용을 잡은 헌터들이 빠져나갈 길이 막힌다.

그리고 아마도 10분 후쯤에는 도착할 지원 부대는 게이트 진입과 동시에, 무인 병기의 지원도 전혀 받지 못하는 상태로 6등급 수준의 힘을 지닌 암석거인과 맞닥뜨리게 된다.

[문에서 가까운 인원은 곧바로 퇴각할 준비를 갖추도록. 나머지는 최대한 신속하게 포인트-7에 집결.]

오성준이 결단을 내렸다.

[암석거인과 싸운다.]

[무모합니다!]

[할 수밖에 없다. 그리고 전술 목표는 암석거인을 쓰러뜨리는 게 아니다. 1차적으로는 암석거인의 이동 경로를 다른 곳으로 돌려놓는 것이다.]

오성준의 판단은 합리적이었다.

6등급 수준의 몬스터가 출입구를 점거하게 두면 최악의 사태가 벌어질 테니까.

[다른 곳으로 향하게 만들고, 시간을 번다. 이걸 못 해내면

손도 못쓰고 게이트 브레이크에 도달하고 말 테니까.]

"사장님."

가만히 듣고 있던 용우가 입을 열었다.

[내 작전에 반대하나, 제로?]

"그건 아닙니다. 다만 요청이 하나 있습니다."

[요청?]

의아해하는 오성준에게 용우가 대답한 말은 모두를 깜짝 놀라게 만들었다.

"저한테 벙커버스터 한 발만 주십시오."

[뭐?]

경악이 퍼져 나갔다.

*　　　*　　　*

2부대는 땅울음용 상대로 준비했던, 추가타로 먹이려던 벙커버스터 2발을 결국 쓰지 않았다.

용우는 그중 한 발을 자신에게 달라고 요구했다.

[벙커버스터야 당연히 써야겠지만… 자네에게 달라니, 무슨 뜻으로 하는 말인가?]

"말 그대로입니다. 제가 쓰겠습니다."

[…도대체 무슨 뜻으로 하는 말인지 짐작조차 안 가는군.]

"차근차근 설명하기에는 시간이 모자랄 것 같군요. 그냥 저를 드론으로 하늘 위로 올려주십시오."

[드론에 올라타겠다는 발상이야 그렇다 치고, 적재중량 한계 때문에 인간 하나를 더 태우면 문제가 일어날 수도 있다.]

2톤급 벙커버스터는 드론이 적재해서 나를 수 있는 한계 수치였다.

거기에 체중에 장비 무게까지 더해 90킬로그램을 넘는 인간이 더해지면 상승하기 어려울 것이다.

"괜찮습니다. 벙커버스터는 제가 아공간에 넣고 갑니다."

[그 아공간 말인가? 벙커버스터를 넣을 정도의 여유 공간이 있나?]

"두 발 다 넣을 수도 있습니다. 하지만 한 발만 주시면 됩니다."

자신 있는 용우의 말에 오성준이 생각에 잠겼다.

하지만 고민은 짧았다. 느긋하게 판단할 여유가 없었기 때문이다.

[좋다. 하나는 자네에게 맡기지.]

"감사합니다."

[이쪽에서 해줄 일은?]

"제가 벙커버스터를 쓰기 전까지만 눈길을 돌려주십시오."

암석거인도 땅울음용처럼 높은 고도를 나는 드론을 격추시킬 수단이 없다.

하지만 땅울음용과 달리 암석거인은 대공 방어 능력이 있었다.

[알겠다. 시간이 없으니 곧바로 시작한다. 델타—2, 염동충격탄은 몇 발이나 더 쏠 수 있겠나?]

"위력을 조절하면 6, 7발 정도는 될 겁니다."

용우가 빠지면 저격수는 한 명뿐이다. 나머지 한 명은 이미 마력이 바닥나서 이탈했으니까.

즉, 2부대는 염동충격탄 6, 7발밖에 쓸 수 없는 저격수와 무인 병기의 조합으로 암석거인의 주의를 끌어야 한다.

“주의를 끄는 것까지만 해주시면 됩니다. 설령 일격으로 끝이 안 난다 해도 나머지는 제가 처리하겠습니다.”

그 말에 다들 숨을 삼켰다.

다른 이가 말했다면 정신 나간 소리라고 했을 정도로 오만한 발언이다. 하지만 용우는 구DMZ에서 혼자 악마숲을 잡았고, 이번 작전에서도 땅울음용을 농락하는 경이로운 실력을 보여주었다. 그렇기에 다들 용우라면 정말 할 수 있을 거라는 생각이 들어버리고 만다.

[알겠다. 어차피 자네가 아니었다면 지금까지 버티지도 못했겠지. 마지막까지 자네를 믿겠다.]

그리고 결과는커녕 수행 과정조차도 짐작하기 어려운 작전이 시작되었다.

2

드론에 올라타서 1.5킬로미터 상공까지 올라간다.

한마디로 미친 짓이었다.

하지만 용우는 별도의 장비 없이도 드론의 등에 납작 달라붙어서 원하는 고도까지 올라가는 데 성공했다.

양손과 양발을 모두 빨판처럼 강력한 흡착력으로 드론의 표면에 붙이고 버티는 것은 초인적인 신체 능력과 마력 활용 기술, 양쪽을 모두 갖췄기 때문에 가능한 극한의 곡예였다.

"역시 하늘은 좋군."

용우가 중얼거렸다.

구DMZ 때도 느꼈다. 하늘은 좋다. 높은 곳에서 전장을 내려다보면서 타격할 궁리를 하는 것은 마음을 들뜨게 만들었다.

왜냐하면 너무나 유리한 고지이기 때문이다.

어비스에서는 이렇게나 쉽게 하늘로 올라올 수단 따위 없었다.

블링크를 연속 사용 가능해진 후반기에나 이 방법을 염두에 둘 수 있었는데, 당시 싸웠던 적들은 대공 방어 능력이나 원거리 타격 능력이 출중해서 별로 재미를 보지도 못했다.

아래쪽에서는 전투가 시작되었다.

'암석거인.'

암석으로 이루어진 거인은 아니다. 표면이 새카만 암석 조각들로 뒤덮인 거인이다.

하지만 키가 10미터에 달하는 이 괴물은 직접 보면 전혀 생명체라는 느낌이 들지 않는 존재이기는 했다. 검은 돌 사이사이로 열기를 발하는 붉은빛이 흘러나오고 있어서 더더욱.

그워어어어어!

지금은 코어 에너지 반응이 폭증해서 그런가, 용우가 알고 있는 것과는 다른 모습이었다.

전신이 시뻘건 빛에 휘감겨서 그 안쪽의 모습이 잘 보이지 않는다.

'6등급 수준의 5등급이라.'

용우도 일찍이 경험해 본 케이스다.

다만 암석거인이 그렇게 파워 업한 것은 처음이었다.

'강철거인과 동급이라고 보면 될까?'

용우는 거인형 6등급 몬스터를 떠올리며 심호흡을 했다.

지금부터 그가 하려는 짓은 어비스에서도 해본 적이 없는 짓이다.

아니, 정확히는 어비스에서는 애당초 시도해 볼 수가 없었던 짓이라고 해야 할까?

상식적으로는 미친 짓이지만… 성공한다면 아주 멋진 결과가 나올 것이다.

'위를 보기 전에 때려 박는다. 잘하면 어이없을 정도로 쉽게 끝낼 수도 있겠지.'

암석거인은 막강한 완력을 자랑하며, 인간이 하듯이 다채로운 행동을 할 수 있다는 무서움이 있다.

예를 들면 투척을 한다.

산을 주먹으로 때려서 부순 다음 그 조각, 사람보다도 커다란 바위를 돌멩이처럼 쥐고 투척하는 것이다.

쿠과과광……!

강력한 돌팔매질에 드론 한 대가 격추당했다.

그워어어어어!

암석거인이 울부짖는다.

그러자 대지가 부서지면서 암석들이 솟구쳐서 그 주변을 성벽처럼 둘렀다.

암석을 대상으로 강력한 염동력을 적용, 암석 폭풍으로 주변을 쓸어버리는 것이 암석거인의 능력이었다.

용우는 그 광경을 보며 행동을 개시했다.

'간다.'

용우가 손을 뻗자 허공의 한 지점에서 벙커버스터가 불쑥 튀어나왔다.

용우는 벙커버스터의 머리 부분이 암석거인을 향하게 조정하며 말했다.

"벙커버스터 전개. 추진기 점화하세요."

통신으로 그 말을 들은 서포터 팀이 벙커버스터의 추진기를 점화시켰다.

콰아아아아!

그 직후에 용우가 보인 행동은 놀라운 것이었다.

드론에서 뛰어내려서 벙커버스터에 달라붙은 채로 같이 떨어져 내리는 게 아닌가?

'타이밍을 놓치면 안 돼.'

벙커버스터가 1.5킬로미터 높이를 떨어져 내리는 것은 그야말로 순식간이다.

용우는 감각을 최고조로 활성화시키며 정확한 타이밍을 가늠했다.

'지금!'

그리고 500미터 고도에 도달하는 순간 스펠을 발했다.

—초열투창(焦熱投槍)!

신체 능력이나 투창 기술을 초월하여 창을, 정확히는 기다린 창 형태의 물건을 '발사'해 주는 스펠이 발동되었다.

용우는 이 스펠로 벙커버스터를 '발사'할 수 있다는 사실을 확신하고 있었다.

왜냐하면 어비스에서는 앞을 뾰족하게 깎아낸 통나무를 발사해 본 적도 있었으니까!

—블링크!

스펠을 발동하는 그 짧은 순간, 벙커버스터는 이미 400미터 고도를 통과하고 있었다. 용우는 벙커버스터에 스펠을 거는 것과 동시에 블링크로 공간을 뛰어넘었다.

콰과과과과광!

상공에서 떨어져 내리는 힘에 벙커버스터의 자체적인 추진력, 그리고 용우가 건 스펠의 힘이 더해지면서 마하7까지 가속한 벙커버스터가 암석거인에게 직격했다.

그 직후의 광경을 본 팀 블레이드의 일원들은 경악했다.

"먹혔어?"

암석거인이 검은 피를 흩뿌리며 쓰러지고 있었다.

"단 일격으로 뚫었어! 말도 안 돼!"

"맙소사! 내가 꿈을 꾸고 있나?"

바라 마지않던 결과인데도 다들 믿을 수가 없어서 그런 말이 튀어나왔다.

용우가 한 일은 간단했다.

초열투창으로 벙커버스터를 발사한 것뿐이다.

그것으로 벙커버스터는 단순한 폭탄이 아니라 '스펠이 실린 무기'가 되었다. 2톤이 넘는 고중량 금속체가, 그것도 마하7의 극초음속으로 때려 박을 때의 충격 에너지가 단순한 물리적 충격이 아니라 스펠 공격으로 폭발했다.

6등급에 가까운 5등급 몬스터의 허공장조차도 뚫릴 수밖에 없었다.

그리고 용우는…….

'제대로 먹혔군.'

여전히 하늘을 날고 있었다.

초열투창을 발하는 것과 동시에 연속으로 블링크를 사용해서 그 자리를 이탈한 것이다.

벙커버스터와 함께 음속을 돌파한 상황이었기 때문에 몇 번이고 블링크로 고도를 높이면서 에어 브레이크를 써서 감속해야 했다.

쉬이이이이!

슬슬 낙하 속도가 정상 수준까지 감소하자 용우가 새로운 스펠을 발했다.

—바람 타기!

그의 몸이 마치 패러글라이딩을 하는 것처럼 기류를 따라서 날기 시작했다.

쿠과아아앙!

그리고 그 타이밍에 드론이 날린 또 한발의 벙커버스터가 암석거인에게 꽂혔다.

'허공장이 뚫린 상태라 저것도 잘 먹히는군.'

용우가 초열투창으로 발사한 벙커버스터가 암석거인의 허공장이 커다란 구멍을 뚫었다. 그 상태에서 꽂힌 벙커버스터는 암석거인의 팔 한쪽을 날려버리는 대미지를 입혔다.

'그럼 이제 숨통을 끊어줘야지.'

용우는 싸늘하게 웃으며 아공간에서 제우스의 뇌격을 꺼내서 조준했다.

[제로, 무사한가?]

"멀쩡합니다. 마무리 공격 들어가겠습니다. 여유 있으면 도와주시죠."

용우는 대답과 동시에 방아쇠를 당겼다.

고도 300미터에서 발사된 에너지탄이 연속적으로 암석거인을 강타하면서 화려한 폭발을 일으켰다.

이미 중상을 입은 암석거인은 손이 닿지 않는 아득한 고도에서 날아드는 사격이 속수무책으로 무너져갔고…….

[암석거인이 침묵했습니다.]

채 10분도 지나지 않아서 숨통이 끊어지고 말았다.

전투 과정을 지켜본 오성준은 전율을 금치 못했다.

'구DMZ 전투 자료를 봤을 때부터 대단하다고는 생각했지만 이 정도일 줄이야.'

6등급 수준으로 파워업한 암석거인을 잡는 전투에서 전술

시스템이 판정한 용우의 기여도는 83.7%에 달했다.

사실상 혼자서 잡았다고 해도 과언이 아니다. 2세대 각성자로서 수많은 전투를 경험한 오성준조차도 믿을 수 없는 광경이었다.

'백원태가 싸고도는 이유를 알겠군. 이 녀석이라면 어쩌면 그들을 능가할 수 있을지도……!'

*　　　*　　　*

지구상에서 7명만이 공유하는 정보 공간에 충격과 경악이 가득 찼다.

현존하는 그 어떤 기계적 관측 수단도 쓰지 않으면서도 게이트 안에서 일어나는 일들을 생생하게 관측한 7명이 믿을 수 없다는 듯 침묵했다.

"…저런 일이 가능한 건가?"

누군가 신음처럼 중얼거렸다.

"이론적으로야 가능한 헌터들이 꽤 있겠지. 하지만 어디까지나 이론상으로나 가능한 수준인데?"

"탁상공론이지."

다들 경악을 금치 못했다.

다니엘 윤 역시 마찬가지였다.

"그리고 할 수 있다고 해도 제정신이라면 저런 짓을 시도하지 않겠지. 발상 자체가 불가능해."

그는 흥분으로 몸을 떨고 있었다.

“아무리 전투 상황에서 광기에 사로잡히기가 쉽다지만… 저건 보통 미친 게 아니야.”

아무리 전무후무한 올라운더라도 그렇지, 저런 짓을 하다니 대체 머릿속이 어떻게 생겨먹어야 그럴 수가 있을까?

“아, 이거 참. 굉장하군.”

다니엘 윤은 감탄을 숨기지 않았다.

잠시 후 그가 말했다.

“한동안은 더 지켜봤으면 한다. 몇 번의 전투를 더 모니터링해서 그에 대한 데이터를 수집하고 싶군.”

“찬성한다.”

“나도 찬성. 관찰할 가치가 있어.”

총 7명의 인간들이 각자 자신의 의견을 밝혔다.

찬성 6, 반대 1.

외부에서 게이트 안쪽을 훤히 들여다볼 수 있는 정체불명의 조직은 어떤 기대감을 갖고 0세대 각성자를 지켜보기로 결정했다.

『헌터세계의 귀환자』 2권에 계속…